今夜、ロマンス劇場で

宇山佳佑

集英社文庫

今夜、ロマンス劇場で

浮浪者、紳士、詩人、夢想家、孤独な人、
皆いつでもロマンスと冒険に憧れているんだ。

チャールズ・チャップリン

プロローグ

ここに書きかけの脚本がある。

時代の流れによって風化した原稿用紙。日の光で黄ばんでしまったその紙の上には、繊細な文字で物語が紡がれている。所々に開いた虫食いのあと。変色した万年筆の黒いインク。鼻孔をくすぐる埃《ほこり》とカビの匂い。

五十枚ほどのその原稿は決して重くはない。しかし、ずっしりと重く感じてしまうのは、それが彼にとってかけがえのない宝物だからなのだろう。

この物語を想《おも》うとき、牧野健司《まきのけんじ》はいつでもあの頃に戻ることができた。

貧しくも夢溢《あふ》れていた忘れがたき青春時代。毎日毎日監督や先輩たちにこき使われて、夜遅くまで懸命に働いていた。怒鳴られたこともある。殴られたこともある。不眠不休の日々だったけど、それでもいつか映画監督になれると、心からそう信じていた。

仕事終わりに通った映画館――ロマンス劇場。

ロビーを埋め尽くす観客たち。辺りに漂う紫煙。映画がはじまるのを誰もが心待ちにしていた。開場すると我先にと駆け込んで、劇場内はあっという間に喧騒《けんそう》に包まれる。やがて照明が静かに落ちて、カタカタカタカタと小気味よい音が劇場上の映写室から聞こえてくる。映写機がフィルムを巻き取っている音だ。座席から振り返って見上げると、映写室の窓ガラスが光り輝いている。そして大音量の音楽と共に映像が銀幕に照射され、誰もが前のめりになった。劇場を包む笑い声、興奮、熱狂、ラストシーンに頰《ほお》を濡《ぬ》らした熱い涙。映画はいつでも観客たちを知らない世界へ連れて行ってくれた。

閉館後のロマンス劇場。さっきまでの喧騒が嘘《うそ》のように、しんと静まり返ったあの空間が好きだった。そして、映写室の小窓から古い白黒映画を観《み》ることが、彼のかけがえのない楽しみだった。

観る映画はいつも決まっている。彼女の映画だ。

その人は、スクリーンの中で輝いていた。色を持つことのできない白黒のヒロインだったけど、その笑顔はどんな色より輝いて見えた。

本当に、本当に、美しい人だった。

何度見ても飽きることなど決してない。

幸せを与えてくれる、眩《まぶ》しい笑顔を持つ女性だ。

誰かがこんなことを言っていた。

『映画には、たくさんの喜びと感動をくれる奇跡のような力がある』と。

その言葉を借りるなら、彼女はまさに健司にとっての奇跡の人だ。

平凡で単調な毎日を、夢が叶《かな》わずくすぶっていた灰色の日々を、その笑顔が色鮮やかに染めてくれる。そんな素敵な人だった。

でも、あの日々は遠い昔……。


時が経《た》つのは早いものだな。

健司は皺《しわ》に覆われた大きな手で、古びた原稿用紙を撫《な》でながら思った。

あれから六十年の時が流れて、あらゆるものは変わってしまった。時代も、人も、文化も、そして自分自身の見てくれも。

失ったものはたくさんある。そのひとつが健康だ。

長い入院生活。時間だけは有り余っている。大部屋と違って個室というのは退屈なものだ。話し相手が誰もいないから、対話をするのはもっぱら自分だ。そのためか、ずっと読み返すことのなかったこの古い原稿を引っ張り出して過去への郷愁に浸っている。きっともう未来に大きな期待ができないから、過去ばかりを見ているのかもしれない。そう思うとただただ寂しい。

老いを痛感する毎日。身体にはガタがきている。体力は衰え、背中は曲がり、誰かの支えがなければしっかりと歩くことができなくなってしまった。病魔に侵された肉体は痛み、悲鳴を上げている。老いるということは残酷なものだ。あの青春時代の溌剌《はつらつ》とした自分がまるで別人のように思えてしまう。

本当に時が経つのは早いものだと、健司はため息を漏らしてもう一度思った。

しかしながら今朝はすこぶる体調が良い。昨日まであんなに身体が痛かったのが嘘《うそ》のようだ。全身が綿毛のように軽かった。

こんな日は自分の足で歩きたくなる。健康でいられることを噛《か》みしめたいのだ。だから健司はベッドを降りてトイレまで歩くことにした。

ここ慶明大学附属第三病院に入院してかれこれ半年近くが経つ。もはや第二の家のような場所だ。目を閉じてでも目的地へ行くことができる。

顔見知りもたくさんできた。すれ違う患者仲間、ナース、先生たち、誰もが気さくに挨拶をしてくれる。ありがたいことではあるが、やっぱり家に帰りたい。病院は嫌いだ。ここにいると、どうしても死というものを身近に感じてしまうから。

用を足して再び病室に戻ろうと、今来た廊下を手すりを頼りに歩いていると、スタッフステーションから若くて華やかな女性の声が聞こえた。

「あー、またここでスマホ使ってる。怒られますよ」

この声は看護師の佐多栄子《さたえいこ》だ。そして注意されたのは恐らく、

「新しいカレがチョー心配性でさぁ。一時間に一回定時連絡しなきゃすんごい怒るんだ

よねぇ。師長《しちょう》には内緒ね」

「もぉ、天音さんすぐサボるからなぁ」

吉川《よしかわ》天音《あまね》――。孫のように懐いてくれている可愛《かわい》らしい看護師だ。

どうやら今日も仕事をサボっているようだ。

彼女のサボり癖は患者たちの間でも有名だ。毎日どこかの病室に長居しては、他愛ない世間話に花を咲かせている。彼女にとって大切なのはナースとしての成長ではなく、彼氏と過ごす甘美な日々のようだ。三歳年上の彼氏とののろけ話をのべつ幕なしに語られると、聞いているこちらが疲れてしまう。患者たちは皆そう言って辟易《へきえき》していた。とはいえ退屈な入院生活。時間は掃いて捨ててもまだ余っている。だから健司は彼女の話し相手になってやっている。若者の趣味嗜好《しこう》や恋愛観にはついていけないところも多々あるものの、それでも若い子との交流は気持ちを幾分若返らせてくれる薬のような効果があるのだ。

「吉川さん！」

看護師長の怒鳴り声が病棟に響いた。

やれやれ、やはり三好《みよし》師長に怒られてしまったか。

可哀想《かわいそう》に、と手すりを摑《つか》んで一歩一歩慎重に病室に向かって歩いて行く――と、

「牧野さんの検温、終わったの？」

自分の名前が出たので思わず立ち止まった。

「牧野さんの検温……。あ、やば！　忘れてた！」

「やば、じゃないわよ。早く行ってきなさい」

仕方ない。こうして近くにいるわけだし、こっちから行ってあげようか。

健司は踵《きびす》を返してスタッフステーションに向かう。

「でも、あのおじいちゃんって可哀想ですよねぇ」

可哀想？　天音の言葉に眉を顰《ひそ》めて足を止めた。

「牧野さんっていかにも孤独なおじいちゃんって感じじゃないですか」

「え？　でもお孫さん毎日お見舞い来てますよね？」と栄子が訊《たず》ねた。

「その孫ってのがひどいみたいでさぁ。散歩中に牧野さんが転んでも手すら貸さないんだって」

胸に微《かす》かな痛みが奔《はし》って、健司は壁に肩を預けた。

「えー、おじいさんもう永くないのに？」

「絶対遺産目当てだよ。わたし虐《しいた》げられてる老人見ると切なくなるんだよねぇ」

孤独なおじいちゃんか。そう見えるのも仕方ない。

健司は苦笑いを浮かべると、そのまま病室へ帰ることにした。さっきまで綿のように軽かった身体は重く、背中に鉛を乗せられたような気分だ。

窓から吹き込んだ春風が床頭台《しょうとうだい》の上の原稿をふわりと宙に浮かせ、何枚かがひらひらと床に落ちた。若くて張りのある指先がそれをひょいっと拾い上げると、

「なんですか？　これ」

天音がベッドを起こして座っている健司の方に目をやった。

それから彼女は再び原稿に視線を戻し、まじまじと見つめて表紙に書かれたタイトルをぽつりと読み上げる。カールのかかった長いまつげがぱちぱちと動く。

「ああ、すまない。それは映画の脚本でね」

「脚本？　へぇ～。牧野さんって脚本家さんだったんですか？」

「いや、助監督だよ」

「ジョカントク？」

「監督に付いて撮影の準備なんかをする人のことだ。まぁ、雑用係だね」

「あ！　ADさんのこと⁉　ねぇねぇ牧野さん、ADさんって人間以下の扱いされてるって本当ですか⁉　機嫌悪い監督に急に殴られたり、プロデューサーに精神的に追い詰められたりするってネットにそう書いてあった！」

「最近のことはよく分からないよ。でもまぁ、当時はなかなか大変だったよ。毎日走り回ってばかりだったな」

「やっぱりそうなんだぁ。ブラック～」天音は鼻の頭に皺を作った。

「吉川さんは、映画は好きかい？」

「ん～、まぁまぁ。彼氏が好きだから時々一緒に観ますけど」

まぁまぁか……。健司は少し寂しげに笑った。

自分の青春時代に比べて、今の映画人口は十分の一以下にまで減ってしまったと、いつかの新聞記事にそう書いてあった。映画が娯楽の王様と言われていた時代はとうの昔に終わってしまったのだ。なんと悲しいことなのだろうか。今や彼らの娯楽の中心は映画でなければテレビですらない。あの小さなスマートフォンという機械なのだ。

「これってどんなお話なんですか？」

天音が原稿の一枚を太陽の光に翳《かざ》した。東向きの窓から差し込んだ朝の光が古びた原稿用紙を透かしている。

「今の若い子が楽しめるようなものじゃないよ」と健司は苦笑して首を振った。

「えー、聞かせてくださいよ。今戻ったら師長に怒られちゃうんです。あとで話あるって睨《にら》まれたんですよぉ。ね、だからお願い！　サボるの手伝ってください！」

天音は懇願するような面持ちで原稿をこちらに差し出す。

健司は少し薄くなった髪の毛を後ろに撫でつけながら、参ったな、と思った。

今までこの物語を他人に話したことなどない。普段ならきっと断るだろう。

しかし、この日はなぜだか違った。

少しだけ話してみようと思ったのだ。体調が良かったこともあるだろう。もしかしたらさっき〝孤独なおじいちゃん〟と言われたことが悔しかったのかもしれない。自分にも輝かしい青春時代があったんだぞと、この若者に伝えたいと思ったのだろうか？　それとも元映画人の端くれとして、若い彼女に映画の素晴らしさを伝えられたら、なんて使命感のようなものを僭越《せんえつ》ながら抱いたのかもしれない。はっきりとした理由は分からない。しかし伝えてみたいと健司は思った。

だから天音の手から原稿を受け取ると、「じゃあ少しだけ」と薄く微笑《ほほえ》み、ベッドサイドの丸椅子に座るよう手で促した。

天音の表情がパッと明るくなる。そして小走りで椅子にちょこんと腰を下ろすと、ワクワクした笑顔をこちらに向けた。

健司は薄く微笑み返すと、すぅっと息を吸い込み、静かにそっと目を閉じた。

この物語を思うとき、僕はいつでもあの頃に戻ることができる……。

貧しくも夢溢れていた忘れがたき青春時代。

いつか映画監督になれると、心から信じていたあの頃。

僕の人生を鮮やかに染めてくれた日々を。

昨日のように思い出すことができるんだ。

そして、健司は話しはじめた。

「これはね、ある青年の身に起きた不思議な物語だ――」

第一章

　王家の紋章が彫られた木製の扉がゆっくり開くと、そこは西洋風の大広間だった。アーチ状の天井からは大きなシャンデリアが吊《つ》るされていて眩《まばゆ》い光を放っている。部屋を囲む調度品の数々。西洋絵画や鎧《よろい》、装飾品がそこかしこに飾られている。壁や柱のひとつひとつに至るまで職人の高い技術が施された豪華絢爛《ごうかけんらん》なその内装は、見惚《みと》れてしまうほど素晴らしい。

　しかし、それらはすべて灰色をしている。

　そこは色のない〝白黒の世界〟だった。

　集まっていたタキシードやドレス姿の人々が、音楽家たちの奏でるヴァイオリンの調べに合わせて優雅に踊っている。東洋人の顔だちをした彼らも色を持っていない。皆、白黒の肌をしているのだ。

　開かれた扉から一人の女性が入って来た。

　一同は踊りを止めて彼女に注目する。男たちは表情を緩ませ、女たちは羨望のまなざしを送る。誰もがその美貌に見惚れていた。

傘を思わせるふんわりとしたスカート。花の刺繍《ししゅう》が施されたドレス。鶴のようにほっそりとした首筋。後ろで束ねた黒髪の上には豪華なティアラが乗っている。細く凛《りん》としたその後ろ姿は、得も言われぬ気品に満ち溢《あふ》れていた。

彼女は扉から一直線に延びた赤絨毯《じゅうたん》の上をゆっくりと歩き、その先にある玉座を目指す。そしてヒールの高い靴で段を軽やかに上ると、椅子の前でくるりと振り返って一同を見やった。

白い薔薇《ばら》を思わせる品のある顔だち。大きな目は三日月のような弧を描き、優しさに満ちた微笑《ほほえ》みを浮かべている。

「皆様、ようこそおいでくださいました。今日は楽しんでくださいませ」

よく通る声でもてなしの言葉を告げた彼女こそ、この城の王女だ。

その名を、美雪《みゆき》という。

彼女の言葉を合図に音楽家たちは再び楽器を弾き鳴らす。伸びやかで優雅な音色が大広間に響き渡ると、音楽に合わせて客人たちが陽気に踊りだす。誰もが楽しそうに笑っている。舞踏会は大いに盛り上がった。

その光景を玉座で見守る美雪は輝くばかりに美しい。白黒の中であっても。まるで高価な宝石のように、その笑顔は光り輝いて見えた。

「──もういやだ！」

美雪は頭に乗せていたティアラを放り投げると、大股で寝室へ入った。ガサツな振舞いと強い語気。さっきまでの気品は欠片《かけら》も感じられない。

その後ろから追いかけてきた召使は困り顔を浮かべている。タキシードのラペルを弄《いじ》りながら今にも泣きそうに顔を歪《ゆが》めていた。

美雪は天蓋付きの大きなベッドにドサッと倒れ込むと「毎日毎日舞踏会ばかりで息が詰まる」とじろりと召使を睨《にら》みつける。

「姫様！　わがままを言わないでください！」召使は懇願するように言った。

しかし美雪は納得していない。眉間にぎゅっと皺《しわ》を寄せて難しい顔をしている。

召使は言うことを聞かないわがまま王女にほとほと疲れ果てている。いつものことなのだろう。ただでさえ年老いたその顔が更に老けて見えた。

「明日は隣国の王との会見ですから、今日はもうお休みください！」

そう言って逃げるように召使が部屋を出ていくと、ドアが閉まるが早いか、美雪はベッドからぴょんと飛び上がった。

そしてバルコニーへと続く窓を勢いよく開けた。

その向こうには森が広がっている。

ここは森の古城だ。

彼女はいくつかのシーツを結んで作った即席のロープを手に、バルコニーの欄干まで駆け寄った。そして下に見張りの兵士がいないことを確認すると、それをひょいっと放り投げる。

美雪の顔がニヤリと企みの笑みに変わった。


そんな彼女の愛らしい笑顔が大きなスクリーンに映し出されている。誰もいないロマンス劇場に、美雪の映画が流れているのだ。

劇場の上にある映写室。映写機が眩い光を放っている。その隣の小窓では健司が顔を覗かせている。古く傾いた木製の椅子に座って、机に両肘《ひじ》をつきながらスクリーンを眺めていた。

相変わらず綺麗《きれい》だなぁ……。健司は、ふふふと顔を緩ませた。

美雪の笑顔を見ることが彼の人生最高の楽しみであり、毎日の日課だ。今日も閉館後のロマンス劇場で特別に映画を観せてもらっているのだ。

肘をついた机の端には錆《さ》びたフィルムケースが置かれてある。直径三十センチほどの大きなアルミの蓋の真ん中にはラベルが張り付けられていて、そこには彼女の映画のタイトルが記されている。

『お転婆《てんば》姫と三獣士』——。

しかしそのタイトルの上には『廃棄』という判が押されていた。彼女の映画はずっと昔に廃棄処分されたものなのだ。

このフィルムとの出逢《であ》いは偶然だった。

閉館後のロマンス劇場で観る映画を探していた健司は、棚の奥で埃《ほこり》を被《かぶ》っていたこのフィルム缶を偶然見つけた。聞いたことのない映画だな。ケースを眺めながら首を傾《かし》げた。それにしても変な題名だと興味本位で映写機に掛けてみた。

しかし美雪の姿を見た瞬間、彼は雷に打たれるように恋に落ちた。たった一目で、鮮やかに恋に落ちたのだ。

その日以来、健司は毎日のようにこの場所から美雪の姿を見つめている。

彼女は万華鏡のような人だ。どのシーン、どのカット、どこを見てもため息が漏れるほど美しい。何度見たって飽きることはない。それどころか、見るたびに新たな魅力に気付かされる。気品に満ちたその姿も、城から抜け出してしまうお転婆なところも、笑顔も、泣きそうなときの表情も、なにもかもが麗しい。

仕事でどんなに嫌なことがあっても彼女の笑顔を見たら気分が晴れる。この笑顔に逢えるだけで健司は毎日幸せだった。

しかし同時に悲しみも感じている。

恋した相手は映画の世界の登場人物。この世界にいないのだから。しかも美雪を演じた女優は随分昔に死んでしまって、出演作はこの一本だけしかない。もうどうやったって本物の彼女とめぐり逢うことはできないのだ。

こんな風にスクリーンを介してしか、彼女には逢えない。そう思うと胸が痛い。「一目だけでも本物の彼女に逢ってみたい」と何度も何度も叶《かな》わぬ願いを念じ続けた。しかし当然のことながら、彼女が健司の前に現れることはない。

悲しいけれど、でもそれは仕方のないことだ。

だって僕らは決して出逢えぬ運命なのだから……。

映画を観終わると、映写機からフィルムを丁寧に外して錆びたケースにそっと収める。そして棚の奥に大切にしまい込んで、電気を消して映写室を後にした。

劇場の外に出るとかなり遅い時間になっていた。初夏とはいえ夜風はまだまだ冷たい。クリーム色のジャンパーのファスナーを上まで閉めて家路についた。

ふと足を止めて劇場を振り返る。

赤いネオンで書かれた『ロマンス劇場』という文字。汚れた外壁はくすんだ色をして、所々に蔦《つた》が絡まっているが、その姿はいつも誇らしげにこの目に映る。

薄く微笑むと、明日もまた来よう、と思った。

この場所で、愛しの彼女に逢うために……。

被ったハンチング帽をくいっと直して、健司は再び夜道を歩き出した。

時は一九六〇年――。日本の映画業界は活気に満ち溢れていた。

この町に来てかれこれもう七年になる。新潟《にいがた》の田舎町から映画監督になることを夢見て上京した健司は、『京映《きょうえい》株式会社』という中堅どころの映画会社で助監督の仕事をしている。仕事は決して楽じゃない。二、三日寝られないなんて当たり前。怒鳴られることは日常茶飯事だ。その辛《つら》さに辞めていく仲間たちも多い。しかし健司は負けなかった。「いつか監督になって自分の作品で誰かを幸せにしたい」と、その大きな夢のためにどんなに辛いことがあっても歯を食いしばって頑張っている。

そしてこの日も、健司は朝から戦っていた。しかしその相手は書き割り――風景や建物などの背景画が描かれた木の板――だった。

大道具係の先輩に「仕上げておけ！」と仕事を押し付けられてしまったのだ。下っ端の健司に断る権利はもちろんない。撮影準備の進む中、たった一人で刷毛《はけ》を手に空の色を塗り続けていた。

ここ京映撮影所は広大で、大きく分けて四つのエリアに区分けされている。時代劇などを撮影するための武家屋敷や城下町が常設されたエリアと、セットを建てるためのスタジオが並ぶエリア、事務棟、そして健司が今いる西のはずれの現代劇の撮影エリアだ。

撮影用の喫茶店やスナック、居酒屋や商店などが建ち並ぶそこでは朝からスタッフたちの怒号が響いている。

「小道具の準備できてるのか!?」「エキストラまだ来てないのか!?」

そんな中、健司は脚立を二つ並べてその間に板を敷いて足場を作り、そこに立って必死に書き割りと相対している。

日の出前から作業をしているから、すでにかなり眠い。うとうとして何度か足場から落ちてしまいそうになった。そのたびに頬を叩《たた》いたり顔をこすったりして眠気を払う。しかし瞼《まぶた》は言うことを聞かずに勝手に落ちてくる。健司は頭を大きく振った。さっきからその繰り返しだ。

早く塗らなきゃ撮影が遅れてしまう！　頑張れ！　頑張るんだ、牧野健司！

自分を鼓舞して青いペンキを黙々と塗っていると、

「お前さぁ、それ助監督の仕事じゃねぇだろ？」

足場の下から声が聞こえた。同期の山中伸太郎《やまなかしんたろう》がトウモロコシの皮で編んだ籠を手にこちらを見上げていた。相変わらず派手好きな男だ。黄色と白のストライプのポロシャツに黄色いジャケットというい出立ちをしている。いつも暗い色の服ばかりの健司とは正反対だ。

「こき使われてるから徹夜ばっかりしてんだよ、お前は」

「いいんだよ。これも監督になるための修業だって」

「修業ねぇ～。書き割り塗ってるだけで監督になれりゃあ世話ねぇよ。いいか健司？　監督ってのは自分の世界観を開拓しなきゃいけねぇんだよ。小津安二郎《おづやすじろう》のキャメラワークしかり、黒澤明《くろさわあきら》の細部への徹底的なこだわりしかりだ」

「これだって細部へのこだわりだろ？」

「客は誰も見てねぇよ、そんなとこ」

「『神は細部に宿る』だよ。映画を観てくれるお客さんには、こういう細かいところまで楽しんでもらいたいんだ」

「だったらこっちの細部も頼むよ！　紙吹雪づくり。頼まれちまってよぉ。面倒くせぇんだよ、まったく」と手に持った籠から桃色の紙吹雪を摘《つま》んで見せた。

「愚痴ばっか言うなって。監督になるまでの辛抱だろ」

「本当になれるのかねぇ。どうせこのまま一生こき使われて終わりだろ」

愚痴っぽく吐いた伸太郎の言葉に、健司は書き割りを塗る手を止めた。

入社当初、二人ともすぐ監督になれると高を括《くく》っていた。しかし三年経《た》っても五年経っても下働き。中には四十歳を超えてもこき使われている先輩もいる。監督になれるのは狭き門で、その門をくぐれるのは選ばれたほんのわずかな才能ある人間だけなのだ。

「そんなこと言うなって。入社してまだ七年しか経ってないんだぞ？」

健司は無理して笑顔を作った。だが、

「もう七年、の間違いだろ」

伸太郎のため息の前に黙りこむ。

時間の流れを思うと焦りを感じる。その焦りは日々大きくなってゆく。

このままで本当に監督になれるのだろうか？

そう思うと、不安で胸が押し潰されそうだ。

「――俊藤《しゅんどう》さんがお着きになります！」

空まで響くような声が聞こえた。

目をやると、一台の外国車が撮影用の商店街を爆走してくるのが見えた。

まずい！　もう着いちゃったんだ！　健司は驚きのあまり足場から落ちそうになった。

大スターの俊藤龍之介《りゅうのすけ》だ。

健司が今携わっている『怪奇！　妖怪とハンサムガイ』の主演俳優だ。

彼の現場入りは全員で出迎えるのが慣例となっている。健司は足場にペンキ缶を置いて大急ぎで脚立を降りた。それと同時に車がキィィイ！　と急停止。ドアが静かに開いた。地面を踏みつけるエナメルの靴。高そうなブランドもののスーツを纏《まと》った背の高い男が颯爽《さっそう》と降りてきた。切れ長の瞳が一同を見やる。まるでスクリーンから飛び出してきたような堂々たるスターの風格だ。

「おはようございます！」

　集合したスタッフたちが軍隊さながらの勢いで頭を下げる。健司と仲太郎もそれに倣った。俊藤はニヒルな笑みを浮かべて軽く手を挙げると、付き人たちを従えて、健司のすぐ前に置かれたディレクターズチェアにどすんと腰を下ろした。無駄に長い足を高く上げて足を組む。顔の前で二本指を立てると、付き人がすかさず煙草《たばこ》を挟んで火を点《つ》けた。

　間もなく京映株式会社の社長・成瀬正平《なるせしょうへい》と、この映画のプロデューサー・清水大輔《しみずだいすけ》がもみ手をしながら駆け付けた。

「いやぁ！　俊藤ちゃん！　おはようおはよう！」

　成瀬が猫なで声で俊藤にすり寄る。しかし今日の俊藤はご機嫌斜め。なにも言わずに手に持った台本をじっと眺めている。その姿に現場がピンと張りつめる。また無茶なことを言うんじゃないだろうなと、スタッフたちが固唾《かたず》を飲んで見守っている。清水も狭い額に冷や汗をかいていた。

　俊藤がふぅっと煙草の煙を吐く。

「しかしつまらない本だな」

　台本への文句だ。健司は、また無茶を言うに違いない、と片目を閉じた。

「僕のスター性がまったく活《い》かされてないよ。暗いし、ジメジメして華やかさの欠片もない」

俊藤が映画を降りるなんてことになったら大問題だ。彼は京映が誇る大人気作品『ハンサムガイシリーズ』の主演俳優。俊藤なくして今の京映はないのだ。

「そうだ！　この映画、ミュージカルにしよう！」

俊藤がひらめいたと膝《ひざ》を叩いた。

「ミュ、ミュージカル？」清水がハンカチで汗を拭って口をひくひくさせる。

「いいねぇ！　俊藤ちゃん！　素晴らしい発想だよ！」成瀬は満面の笑みでうんうんと頷《うなず》いた。

一方のスタッフたちは顔面蒼白《そうはく》。おいおい、これからミュージカルなんかにしたら、今までの準備が台無しになっちまうよ……。誰もがそう言いたげな表情だ。

しかし俊藤はそんなことお構いなしに語りはじめた。

「扉が開くと一同の視線が俊藤に集まる。ヒロインの手を取り颯爽と踊る俊藤。鳴り響く音楽、女たちの黄色い声、そして俊藤の甘い歌声……うん、見えた。これでいこう！」

「最高だ！　清水君、すぐに台本書き換えて！」

「でも社長、さすがにそれは」小柄な清水が更に小さく見える。

「できないの？　じゃあ降りるけど？」

俊藤が鋭い視線を向けると、成瀬が「まぁまぁ」と両手を広げて必死になだめた。

「清水君！　俊藤ちゃんはウチの大事な看板なんだよ？　なんとかしたまえ！」

「分かりました」と清水は蚊の鳴くような声で返事をした。

その途端、スタッフたちはがくりと首を垂らす。

健司はふと背後の書き割りに目をやる。

この書き割りはどうなるんだろう？　もしかして今朝からの苦労が全部水の泡？　だとしたら最悪だ……。いやでも、そんなこと映画の世界ではよくあることだ。いちいち落ち込んでたらダメだ。でもなぁ、さすがに心が折れそうだ。

「おい健司！　荷物運ぶの手伝え！」

肩を落としていると、美術係の先輩の怒鳴り声が聞こえた。この様子だと小道具も装飾も全部見直しだ。怒るのも無理はない。

「はい！　今行きます！」

走り出す健司。が、そのときだった。

脚立に足を躓《つまず》かせて盛大に転んでしまった。その拍子に足場が傾き、上に置いてあったペンキ缶が落ちる。空中で反転するペンキ缶。勢いよく青いペンキが飛び散った。

バシャ！　と、嫌な音が辺りに響いた。

「いててて……」と健司は顔を上げ——、

青いペンキよりも真っ青になった。

そこには、白いスーツの右半分がペンキまみれになった俊藤の姿があった。怒りが滲《にじ》んだ顔半分も青く染まって、煙草を持つ手がわなわなと震えている。

辺りは騒然となる。清水が「バカ野郎！」と怒鳴ると同時に、健司は涙を浮かべて「すすすす、すみません！」と土下座して地面に頭をこすり付けた。

終わった！ 僕の映画人生はこれで終わりだ！ 俊藤さんの服を汚すなんて、あってはならないことだ！ うちの会社じゃ生きていけないよ！

何度も何度も地面に頭突きするように必死に謝ると、俊藤は口の端を少しだけ緩めて笑った。

「俊藤の心は青空のように広い。でも、もしこれが並の俳優だったら……」じろりと健司を睨みつけた。「お前、血の雨が降ってたぞ」

「すみませんでした!!」健司はもう一度地面に顔を伏せた。

よかったぁ〜〜。間一髪クビになることだけは避けられた！

安堵《あんど》して顔を上げると、社長以下全員がこちらを睨んでいることに気付く。

健司は作ったばかりの笑顔をすぐに隠し、そしてまた涙を浮かべた。

これで監督への道は更に遠ざかってしまった……。

「いやぁ～スカッとしたよ！　やるじゃねぇか健司！」

事務棟には健司たち助監督が作業をするための助監督部屋がある。その部屋へと続く外廊下を歩きながら、伸太郎が大笑いして言った。

行き交うスタッフたちがチラチラとこちらを見てくる。どうやら今朝の〝俊藤ペンキ事件〟は周知のものらしい。

こんな形で有名になんてなりたくない。できることなら監督として「京映に牧野健司あり！」なんて言われて有名になりたいのに……。

深いため息を漏らして項垂《うなだ》れた。

最近なにをやってもうまくいかない。昔から失敗は多い方だが、とはいえ今朝のような致命的な失敗は初めてだ。常々先輩から「監督になりたければ、役者や上の人間に気に入られることだ」と言われてきたが、今日の一件で評価は地に落ちたに違いない。どうしてあのときペンキを足場から下ろさなかったんだろう。いや、もっと人の少ない場所で作業をしていれば。いやいや、もっと早く終わらせていれば。さっきから後悔ばかりだ。しかしすべては後の祭り。自分の要領の悪さを呪うしかない。

かれこれ数十回目のため息を漏らすと、隣の伸太郎に背中を叩かれた。

「落ち込むなって！　お前が失敗するなんていつものことだろ?」

慰めてくれているつもりかもしれないけど、そんな言い方をされると更に傷つく。もう少し慰め方があるだろう。健司は伸太郎をじろりと睨んだ。

「ったく、しょーがねぇなぁ。じゃあ今晩息抜きに街に繰り出すか！」

「あ、じゃあロマンス劇場行こうよ」

「はぁ？　また映画かよ。お前、本当好きだなぁ。それより可愛《かわい》い子でも誘ってパァーッと飲みにでも行こうぜ」

「可愛い子って？」

「そりゃお前」と伸太郎が健司の肩を組んで顎《あご》をしゃくった。

その先には一人の女性の姿がある。

社長令嬢の成瀬塔子《とうこ》だ。

塔子は胸の前で大判封筒を抱えて、すれ違うスタッフたちに「こんにちは」と優しげな笑みを向けて歩いて来る。声をかけられたスタッフは照れた様子で返事をしている。

目に染みるほどの白いブラウスが彼女の可憐《かれん》さをより引き立てていた。

ふと、塔子と目が合う。彼女は白い頬にえくぼを作って「あ、牧野さん！」とこちらに駆けて来た。

塔子とは年が近いこともあって、逢うたびに世間話をする間柄だった。それを羨む先輩たちは少なくない。「お前ごときがどうして塔子さんと!?」と尻を蹴られたことは一度や二度じゃない。塔子は京映のマドンナなのだ。

彼女は健司の顔をまじまじと見て、それから、ふふふと口元を押さえて笑った。目を丸くしていると、塔子は自身の頬を指さして、ペンキ付いてますよ、と教えてくれた。慌てて右頬をこすると、手の甲が青くなっていた。

「今朝は大変だったみたいですね」塔子が労《いた》わるような視線を向ける。「俊藤さんのこと。父がさっき言ってました」

塔子さんも知っているのか。そりゃそうだよな。社長の秘書でもあるんだから。

健司はハンチング帽の上から頭を撫《な》でて「要領悪くて」と苦笑いを浮かべた。

「こいつのドジにも困ったもんですよ、本当！」

「うるさいなぁ」

図星とは言え、茶化すような伸太郎の口調が腹立たしい。

塔子が上目遣いに顔を覗《のぞ》き込んできた。

「牧野さん疲れてるんじゃないんですか？　少しは息抜きしないとダメですよ」

塔子は優しい。顔を合わせればいつもこんな風に体調を気にしてくれる。寝てますか？　ご飯食べてますか？　風邪とか引いてませんか？　と。なんだか母親みたいだ。

「あ！　じゃあ今夜、息抜きに一緒に飲みに行きませんか!?」

ここぞとばかり伸太郎が切り込んだ。塔子に淡い恋心を抱いている伸太郎はデートのきっかけをいつも探しているのだ。

しかし塔子は「ごめんなさい。今夜、父が俊藤さんを接待することになって。わたしも同席しなくちゃいけないんです」と口の前で細い手を合わせて拝む格好をした。

「バカ！　お前のせいじゃねぇかよ！」

断られた腹いせに横腹を肘で突かれてしまった。

「塔子さん、すみません。僕のせいで」

「そんな、気にしないでください。平気ですよ」

その表情に嘘《うそ》はない。心から言ってくれているようだ。それが分かるから健司は安堵して小さく笑った。

「またぜひ誘ってくださいね」

彼女は会釈すると、スカートを揺らしながら歩いて行った。

見送る伸太郎はスラックスのポケットに手を突っ込んだまま鼻の下を伸ばして見惚れている。

「綺麗だなぁ、塔子さん。社長令嬢で品があるし、笑顔はラムネみたいにシュワッと弾《はじ》けてるし、最高だよぉ。なぁ健司、お前もそう思うだろ？」

「綺麗だとは思うけど」と呟《つぶや》いて顎の先を撫でる。

「はぁ――!?　なんだよ偉そうに！　塔子さんより美人なんているわけねぇだろ!?」

あえて黙っていると、伸太郎が「え？　いるの!?」と両眉を上げげた。

「まぁね……」

健司は、はにかんで笑った。

この日の仕事は早く終わった。俊藤の提案で脚本が練り直しになったため、スタッフたちの仕事も止まってしまったのだ。

伸太郎は帰る直前まで「飲みに行こうぜ！」と纏わりついてきたが、今日は映画をたくさん観たい気分だった。だから仕事が終わるとすぐにロマンス劇場へ向かった。

夜の劇場通り商店街は多くの人で賑《にぎ》わっている。仕事を終えた人々の楽しげな声が居酒屋の赤提灯《あかちょうちん》を揺らしていた。喧騒《けんそう》を抜けるとロマンス劇場が見えてくる。大きくて古びた劇場だ。ずっと昔からこの場所でたくさんの人に夢と感動を与えているのだ。

劇場の表には開場を待つ客たちが三十人ほどの列を作っていた。常連客の一人が「おう、健司！」と声をかけてくれる。誰もが今日からはじまる新作映画を楽しみにしている様子だ。

時間になると、階段上の切符売り場で料金を払って扉をくぐる。

小さなロビーには軽食を売っているカウンターと、埃っぽい古いソファがひとつ。その前のローテーブルには大きなガラス製の灰皿が置いてある。壁には古今東西の映画俳優の似顔絵や名作映画のポスターが貼られていて、中には入手困難なものまである。健司はいつもそれらを見ながら、こういう細かいところまで凝《こ》っているからこの劇場はいいんだよな、と感心する。館主の映画愛を感じるのだ。

そのロビーの先に劇場はある。席数はだいたい百五十ほど。真ん中の通路を挟んで左右に分かれてえんじ色のシートが据えてある。

席は早いもの順だ。だから毎回、誰もが競うように良い席を求めて劇場になだれ込む。気性の荒い大工の棟梁《とうりょう》にゲンコツをされて席を奪われたことだってある。

この日、健司は少し後ろの方の席に座った。

シートに腰を下ろすと否応《いやおう》でも胸が高鳴る。探検に出かけるような気分だ。ざわざわと落ち着かない劇場に上映開始のベルが鳴り響くと、それを合図に辺りは徐々に静かになった。客席灯が落ちる。映写室から映写機が回りはじめる音が微《かす》かに聞こえる。汽車が走り出すときの車輪の雰囲気に少し似ているこの音が大好きだ。映写機とは、観客たちを探検に連れて行ってくれる夢の乗り物なのだ。

スクリーンに真っ赤な文字でタイトルが出ると、観客たちから拍手が巻き起こった。

この日の映画は人気邦画シリーズの第三弾。ワルだが心優しいタフガイがヒロインのために悪の組織と戦うアクション映画だ。男前の俳優が悪党を次から次へとなぎ倒すと、ワッと歓声が上がった。頭に血が昇った不良少年が席を立って、俳優に合わせて殴る蹴るの真似をする。健司もラムネ瓶を傾けながらその世界にのめり込んでいた。

映画が終わると、誰もが大満足で家路についた。

そしてここからが健司の時間だ。

切符売り場をひょいっと覗くと、

「今日もいいですか？　本多《ほんだ》さん」

と、今日の売上を数えている男の背中に声をかけた。

振り返ったごま塩頭の老人。丸メガネの奥の細い瞳が健司を捉える。強面《こわもて》で気難しそうな顔をしたこの人が、ロマンス劇場の劇場主・本多正《ただし》だ。

本多は「ん」とぶっきら棒に手のひらをこちらに向ける。

またか……と、ポケットの中に小銭を探した。

「やっぱり毎回お金払わなきゃダメですか？」健司はおずおずと訊《たず》ねる。

生活は厳しい。できることならタダで見たい。いつも本多にそう頼んでいる。しかし、

「劇場はお前の貸し切りだ。安いもんだろ」

本多はいつも聞く耳を持ってくれない。健司は「それはそうですけど」と唇を尖《とが》らせる。不服な健司を見て本多は座り直すと、切符売り場の机に肘を置いて眉を寄せた。

「あのなぁ、健司。最近じゃテレビのおかげで客が減ってるんだ。ここが潰れたらお前だって困るだろ」

「でも今日だって大盛況だったじゃないですか」

「それでもここ何年かで客足は随分減っているんだ。隣町の劇場が閉館した話、お前も聞いてるだろ？　うちだっていつ同じことになるか分からない。映画の時代なんてもうすぐ終わっちまうかもしれないんだぞ」

「そんな、大丈夫ですよ！　それに万一そんなことになっても、そのときは僕が映画界を救いますから！」

健司は胸を張った。本多は感心感心と言わんばかりに頷いて、

「いい心掛けだ。じゃあまずは善良な映画館主から救ってもらおうか」

そう言って、差し出した手のひらをくいくいっと上下に動かした。

やっぱりこの人には敵《かな》わないや……。

健司は渋々と本多の手のひらに硬貨を置いた。


この劇場に通うようになってもう七年。今では勝手に映写機を触らせてもらえている。映写機は劇場の命だ。それを触れるのは本多に認められたということ。そのことが嬉《うれ》しい。それに映画にまつわることならなんでも知りたい。映写機の操作も本多の隣で見て覚えた。

ぐるりと映写室を見渡してみる。ここに流れる独特な空気が好きだ。少し埃っぽくて、壁はヤニで黄ばんでいる。決して清潔ではないけれど、神聖な雰囲気の漂う場所だ。

健司はフィルムを保管してある入口脇のスチール製の棚を開けて、その中からフィルムケースを引っ張り出す。彼女の映画だ。そしてケースから慎重にフィルムを取り出すと、二つ並んだ映写機のひとつにフィルムの束をセットした。

準備を整えスタートボタンを押すと、映写機は音を立てて回りはじめた。

健司は映写機の横にある机の前に座ると、いつものように小窓からスクリーンを見つめる。劇場には誰もいない。貸し切りだから下で見たって誰も文句は言わない。しかしフィルムの交換があるからいつもこの場所で見ていた。一本の映画はいくつかのフィルムに分かれているため、途中での交換が必須なのだ。それに映写室から映画を観られるのは選ばれた人間だけの特権だ。自分がロマンス劇場にとって特別な存在と認められているような気がして、それがなんとも嬉しいのだ。

映写機の音と共に、健司は夢の世界に今日も旅立つ。

彼女の映画がはじまった。

「――姫がいないぞ!!」

舞踏会のあと、美雪はシーツで作った即席のロープで城の外へと逃げ出した。召使の声が辺りに響き渡ったとき、彼女はすでに森の中を走っていた。手にはハイヒールを握り締め、スカートをたくし上げ、裸足でひたすら走ってゆく。水たまりもなんのその。バシャッと踏みつけどんどん奥へと進んだ——が、「こっちか!?」と兵士の声がして慌てて足を止めた。

美雪は岩陰に身をひそめる。すぐそばを若い兵士が松明《たいまつ》を手に歩いてゆく。美雪の白黒の肌に汗がつぅっと流れる。息を殺して焦る表情も素敵だ。

やがて兵士が立ち去ると、美雪は安堵して歩き出した。

ここから先は獣たちの住処《すみか》だ。追手はもう来ないだろうと、その足取りはさっきよりも軽やかだった。

ガサガサと草木が揺れた。美雪の足がぴたりと止まる。また追手か？　その目に警戒の色が宿る。しかし美雪はすぐに安心して、

「なんだ、お前たちか」

茂みの方を見て笑った。

そこには草の間からひょっこり顔を出している三匹の獣がいた。

狸吉《たぬきち》、虎衛門《とらえもん》、鳩三郎《はとさぶろう》。姫を守る〝三獣士〟だ。

この映画が珍品映画と呼ばれている一因はきっと彼らにあるのだろう。五十歳をとうに過ぎている中年俳優たちが大きな着ぐるみ——しかも安っぽい——を纏って「姫様ぁ！」と必死に叫んでいるのだ。その姿はなんとも滑稽《こっけい》だ。

しかし健司は彼らのことを、なかなか愛らしいんだけどな、と肯定的に思っている。

おじさんたちが獣になりきって右往左往する様はそれだけで観ていて楽しい。

「姫様ぁ！　また城を抜け出してきたんですかぁ!?」と狸吉があたふたする。

「相変わらずお転婆ですなぁ！」

「なにを呑気《のんき》なことを言っている虎衛門！　城の奴《やつ》らに見つかったら狸鍋《たぬきなべ》にされちまうよ！　姫様ぁ、早く城にお戻りください！」

狸吉が必死に拝むが美雪は顔を背け、

「嫌だ。城にいても退屈だ」

腰に手を当てて膨れる顔は小さな子供が拗《す》ねているようで愛らしい。

三匹はやれやれと顔を見合わせる。

と、どこからともなく音楽が流れ出し、三匹は愉快に踊りだした。この映画はオペレッタ——小歌劇——なのだ。

音楽に乗せて彼らは自分の名前を高らかに叫んで自己紹介をする。わがままな王女を守る獣の三獣士だと宣言をした——が、しかし美雪は「うるさい！」と落ちていた木の棒で虎衛門の顔面を殴った。

「ぐぉぉぉ——————ん！」と虎衛門はゴロゴロと転げまわる。

舞踏会の品の良さが嘘のような振る舞いだが、この二面性が彼女の大きな魅力なのだ。

「ぼぼぼ、暴力はやめてください！」狸吉がガタガタと震えた。

「クルック！　クルック！」鳩三郎も必死に訴える。

美雪は腰に手を当てると、三匹を一瞥《いちべつ》してこう言った。

「今日こそは外の世界に出かけるぞ」

その言葉に獣たちは大慌て。両手を広げて美雪の行く手を阻んだ。

「ななな、なりません！　森の外は魔物でいっぱいですぞ！」

「いいからどけ」

「どきませぬ！」と虎衛門が頭を撫でながら吼《ほ》える。

「クルック！　クルックゥ！」

「どけ！」

「どきませぬ！」

「クルック！」

鋭い眼光で凄《すご》まれると、三匹は観念して躊躇《ためら》いながらも道を譲った。その顔は父親に怒られた少年のようだ。しょんぼりした姿もなかなか愛嬌《あいきょう》がある。中身はただのおじさんだけど。

「では参るとしよう」

そう言って美雪は微笑んだ。このシーンの彼女の笑顔は殊更に素敵だ。作中で最も好きなカットだと健司は思っている。冒険に出かける高揚感に胸が躍《おど》って溢れ出たような笑顔。森の獣じゃなくても彼女にお供したくなってしまう。

やっぱり今日も彼女は綺麗だ。

この笑顔に逢えると、今日あった嫌なことなどすべて忘れられる。俊藤にペンキを掛けてしまったことも、清水に怒鳴りつけられたことも。明日からまた頑張ろうと、そう思わせてくれる眩い微笑みだ。

逢ってみたかったな……。健司はふっと我に返った。

スクリーン越しじゃなくて、目の前で彼女のこの笑顔を見られたら一体どれだけ幸せなのだろう。

「ででで、でたぁ――――!!　だだだ、大蛇だぁぁ――――!!」

スクリーンから聞こえる狸吉の声と共に物語は急展開を迎えた。

森の奥への冒険の途中、三匹は美雪とはぐれてしまった。そして森の主である大蛇と遭遇したのだ。舌なめずりをする大蛇。怯《おび》える三匹。顔を見合わせ、戦うしかないと覚悟する。しかし力の差は歴然だ。三匹はあっという間に倒されてしまった。おじさんの俳優たちが、どう見ても作り物の安っぽい大蛇相手にべそをかきながら戦いを挑む姿には毎回吹き出してしまう。

「お前たち!!」

天まで届くような声と共に、木の上から彼女が颯爽と現れた。そして大蛇に仁王立ちをしてみせる。じろりと睨みつけるその瞳は力強く、健司は身を乗り出して彼女を見つめた。この映画で一番凛々しい彼女の姿だ。

美雪の手には木の棒が一本だけ。勝ち目などないように見える。

さっきまで静かだった音楽がだんだんと大きくなって緊迫感を生む。彼女と大蛇のカットバックが緊張を更にあおる。なかなかいい演出だ。

風がひゅううっと吹くと、大蛇が先に襲い掛かった。彼女は攻撃をひらりと躱《かわ》し、その頭を木の棒で殴った。敵は断末魔の叫びを上げて絶命する。勝負は彼女の圧勝で終わった。

健司は椅子の背に身体を預けた。

このシーンはとてもよくできている。カット割りも音楽も芝居もすべてが嚙《か》み合《あ》って格闘シーンを盛り上げている。健司が感心していると、

「お前も物好きだな。そんな古い珍品、毎日毎日飽きずに観《み》て」

映写室のドア枠に肩を預けた本多が呆《あき》れ顔《がお》でこちらを見ている。

「どんな映画にもいいところは必ずあるんですよ」

「こんな映画にもか？」

「もちろん。この映画のこと珍品って言いますけど、ちょっと時代が早かっただけなんです」

「時代が？」

「はい。この映画が作られたのは一九三五年で、当時こういうオペレッタって、日本にまだ馴染《なじ》みがなかったんですよ。『狸御殿《たぬきごてん》』が作られたのだってこれの四年後だし。あとこの映画、舞台が西洋の国なのに登場人物はなぜかみんな日本人で、設定が滅茶苦茶なんですよ。だから」

「珍品の烙印《らくいん》を押されたってわけか」

「そんなところも作品の味だと思うんですけどね。世界観はハチャメチャだけど当時にしては歌も踊りもよくできてるし、登場人物は活き活きしてて素敵だし、それになにより主人公が——」

「とびっきり魅力的、か？」

「はい」

　健司は小窓の向こうの美雪を見つめた。

「でもな、健司。それ明日売るんだ」

「え？」びっくりして本多に顔を戻した。

「だから、その映画、明日売ることにした」

「えぇぇぇ——!?　どうしてですか!?」

　立ち上がった拍子に椅子が後ろに倒れたが、構わず本多に迫った。

「物好きな収集家から売ってくれって頼まれたんだよ。なんでも日本にこの一本しか残ってないらしい」

「待ってくださいよ！　これ売られたら僕はこれからどうすればいいんですか!?」

「知らないよ」

「彼女に逢えなくなったらもう生きていけません！」

「大げさだな。そんなに好きなら直接逢いに行けばいいだろ」

「無理ですよ！　彼女とっくの昔に死んじゃったんです！　逢えるものなら逢いに行ってますって！」

「逢えない女に惚《ほ》れても仕方ないだろ。諦めろ」

「そんなぁ……」

落胆で眉をハの字にする健司を無視して本多は映写室を出て行った。扉がバタンと閉まると、健司はふらふらと力なくその場にへたり込む。ショックで足に力が入らない。やり場のない気持ちを振り払おうと、ハンチング帽を取って髪の毛をぐしゃぐしゃとかき乱すが、それでも気持ちはちっとも晴れなかった。

なんで売っちゃうんだよ……。健司は萎《しお》れた花のように首を垂らす。

机にしがみついてなんとか立ち上がると、小窓の向こうに美雪の笑顔があった。売られてしまうなんてこれっぽっちも知らずに、いつものように愛らしく笑っている。

その笑顔を見つめながら、健司は目に涙を浮かべた。

もう二度と、この笑顔に逢えなくなるんだ。

そんなこと急に言われて覚悟できっこないよ……。


映写室を出て突き当たりの階段の下はロビーに繋《つな》がっている。力なく下りると、本多がソファに座って煙草の箱に手を伸ばしていた。しかし空き箱だったようで舌打ちを漏らしてそれをくしゃっと潰す。そして健司に気付いて「どうした？　幽霊みたいなツラして」と首を傾げた。

誰のせいだと思ってるんですか。そんな恨めしい気持ちを込めて本多を見やったが、すぐに首を横に振ってその思いを心の奥にしまった。

本多さんの気持ちも分からなくはない。ロマンス劇場の経営は随分大変だと常連さんから聞いたことがある。だからフィルムを売って利益を出そうと思うのは経営者として当然の判断だ。みんなこの劇場で映画を観ることを楽しみにしている。もしここが無くなったらみんなの娯楽がなくなってしまう。そうだ。だから仕方のないことなんだ。だけど――、
健司は洟《はな》をすすった。

だけどなんで、よりにもよって彼女の映画を売っちゃうんですか……。

「なんだよ?」本多が眉間に皺を作った。

「いえ」と力なく頭を振る。「最後だからちゃんと劇場で観ようと思って」

「そうか。ちょっと煙草買ってくるから、しばらく留守番頼んだぞ」

出かける? じゃあその隙にフィルムを——、

「盗むんじゃねぇぞ?」

「当たり前じゃないですか……」健司は口をひくひくさせて頷いた。

本多がロビーを出て行くと、ため息と共に背中を丸めた。それからカウンターの隅にある薄汚れた白い冷蔵庫を開けた。冷蔵庫はかなり高価な物だが、どこかから格安で仕入れてきたらしい。

中には冷えたジュースや酒が並んでいる。ラムネ瓶を一本取って、ポケットの硬貨をカウンターに置く。こんなとき怒りに任せてタダで飲んでやろうという強気になれない根性なしの自分が嫌になる。ため息交じりに栓を開けると、炭酸が噴き出て手がべとべとになってしまった。健司は項垂れてソファに腰を下ろした。

ここのところ本当にツイてない。今日だって俊藤さんにペンキを掛けちゃうし。しかも彼女の映画まで売られるなんて、そんなのってあるかよ。僕の人生まさにどん底だ。なにもかも上手《うま》くいかなくなってしまった……。

しんみりとラムネを一口飲むと甘さが口に広がった。しかし大好きなラムネも今日ばかりはなんだか味気なく感じてしまう。

劇場からヴァイオリンの音色が聞こえた。物語が佳境を迎えたらしい。彼女のことをしっかりこの目に焼き付けようと、健司は立ち上がって劇場のドアを押し開けた。

スクリーンでは別れのシーンが流れている。森を抜けて遠い外の世界へ旅立つ美雪。冒険を通じて深い絆《きずな》を結んだ三匹との別れを描く切ないシーンだ。

美雪が三匹に感謝の言葉を告げる。スクリーンいっぱいに彼女の悲しげな表情が映し出される。そのまなざしが胸を更に苦しくさせた。

健司は真ん中の席に腰を下ろしてスクリーンを見上げた。

「これで見納めか……」

見納めと言ってしまうと、悲しくて鼻の奥がつんと痛くなる。涙がじんわりと瞳を覆う。スクリーンの美雪がほんの少しだけ滲んで見えた。

僕にとって彼女は人生の支えだ。これといった恋人もいなくて、夢も叶わない退屈な人生。毎晩のようにここで彼女の笑顔を見ることが、人生唯一の喜びであり、ささやかな幸せだった。

それなのに……。この笑顔が見られなくなる。もう二度と、永遠に見られなくなってしまう。嫌だ。そんなの嫌だ。絶対に嫌だ！

でも僕にはもうどうすることもできない。このフィルムを買い取るだけのお金もなければ、盗んで逃げる度胸もない。本多さんにも申し訳ないし。

美雪が三匹との別れの悲しみを押し殺して気丈に笑っている。

その表情になんだか胸が詰まってラムネを一気に飲み干した。

僕の人生もモノクロみたいだ……。

一度でいい。ほんの一瞬でも構わない。

神様、どうか彼女に逢わせてください。

この笑顔を間近で見させてください。

お願いだから。

健司はスクリーンに手を伸ばした。彼女の笑顔に触れようとして。しかしどれだけ手を伸ばしてもこの手が美雪に触れることは――、
そのときだった。遠くで雷鳴が聞こえた。

驚いて手を引っ込めた。

昼はあんなに晴れていたのに変な天気だ。どうやら天気は一気に崩れたみたいだ。獣の咆哮《ほうこう》のように風が泣いている。月も星もすべて吹き飛ばしてしまうような強い風の音が聞こえる。そして雨の音も。それに停電の前兆だろうか？　劇場内の電灯はチカチカと不安定で、スクリーンも弱々しく光っている。

その異様な空気が胸騒ぎを呼び起こす。なにかが起こりそうな、そんな恐怖が胸をド

ンドンと叩いている。健司は手に持った空のラムネ瓶にぎゅっと力を籠める――と、次の瞬間、雷の轟音《ごうおん》と共に劇場の電気が消えた。

嘘だろ。停電するなんて。とにかく外に出よう。

健司は立ち上がると、シート伝いにゆっくり中央通路を歩いて行く。しかし躓いてラムネの瓶を落としてしまった。瓶がコロコロと床の上を転がってゆく。

拾わなくちゃ、と思ったが急に暗闇に放り込まれたからまだ目が慣れていない。

あーもう、怖いよぉ。早く電気が点かないかな。

不安で首を縮めていると――、
ズズズ、と衣擦《きぬず》れの音がした。

健司は身体を硬直させた。

い、今の音はなんだ？　気のせいか？　気のせいだよな？

ズズズ……。

気のせいじゃない！　じゃあなに!?　ネズミか!?

「うぅ……」

えぇぇぇ!?　人の声!?　なんで人の声がするんだよ！

足がぶるぶると勝手に震えだして一歩も進むことができない。つかまり立ちしていないと倒れてしまいそうだ。胃が反転するような感覚に襲われた。

もしかして泥棒？　そうか、本多さんの留守を狙って忍び込んだんだな。だったら僕がなんとかしないと。いやでも、もしかしたら幽霊なんじゃ？

怪談の類が大嫌いな健司は背筋に氷を放り込まれたように震えあがった。幸か不幸か暗闇に目が慣れてきた。目を凝らしてスクリーンの方をじっと見つめる。

と、一番前のシートの足元から、ぬっと手が現れた。突然現れたその手に健司はひっくり返りそうになる。細い指。女だ。女の幽霊に違いない。そう思った途端、呼吸の仕方を忘れてしまった。

真っ黒い塊が地を這《は》いながらこちらに近づいて来る。ズズズという衣擦れは幽霊が着ていたドレスの音だったのだ。

ドレス？　幽霊がドレスを着ているのか？

劇場に明かりが灯《とも》った。

目の前の光景に健司は「うわぁ――――！」とひっくり返った。

目と鼻の先にドレス姿の女がうずくまっているのだ。

やっぱり女の幽霊だ！

今にも失神してしまいそうだ。

しかしよく見ると、この女、なにかが変だ。

健司は目に一杯の涙を溜《た》めて、女の姿をじっくり見つめる。

腕が真っ白だ。いや、白というより灰色というべきか？　腕だけじゃない。首筋や着ているドレスもそうだ。それにこのドレス、どこかで見たことがあるような。

床に突っ伏した女がほんの少しだけ顔を上げた。

「え？」口の閉じ方を忘れてしまった。

ま、まさか……。健司は目と口を開いたまま首を傾げた。

信じられない。いや、でも信じるも信じないもない。

なぜなら、そこにいたのはさっきまでスクリーンの中にいたはずの美雪姫だったからだ。

どうして彼女がここに。こんなところにいるわけがない。だって彼女は映画の中の存在だ。こちら側には絶対にいない人だ。じゃあなんで？　なんでここにいるんだ!?

もう一度彼女のことを凝視した。

あ、なるほど。灰色に見えるのは彼女が白黒映画の中の人だからか。って、なにを冷静に考えているんだ！　映画から人が出てくるわけないじゃないか！

しかし見れば見るほど美雪に見える。いや、美雪にしか見えない。

映画の中と同じ花の刺繍のドレス。頰は煤《すす》で汚れている。髪の毛も乱れてティアラもずれてしまっていた。呼吸は荒く、ドレスのレース越しに肩が上下に動いている。

健司はその正体を確かめようと、恐る恐る這いずりながら近づく。

「あ、あの、大丈夫ですか？」

美雪がぴくりと反応する。目が合った。やっぱり美雪そのものだ。

「あなた、もしかして……」

ゆっくり彼女に手を伸ばす——が、突然ラムネ瓶で頭を殴られた。

「ぎゃあ———！」

健司は頭を抱えてのたうち回った。頭が割れて中身が飛び出てしまったかと思った。足をバタバタさせて悶絶《もんぜつ》する。

痛い痛い痛い！　えぇ!?　なんで殴られたんだ!?

「なにするんですか!!」

顔を歪めて叫んだら、目の前にラムネの瓶がビシッと振り下ろされた。さっき落としてしまったあの瓶だ。

驚いて固まる健司に、美雪は言った。

「気安く触ろうとするからだ」

その声は映画の中の彼女とまったく同じだ。気高い王女の風格に満ちている。健司は思わず圧倒されて「すみません」と謝ってしまった。

どういうことなんだ。なにもかもが美雪姫じゃないか。てことは本物？　いや、まさか。じゃあ幽霊？　でも足はあるぞ。細くて綺麗な足だ……。

美雪はすくっと立ち上がると、そのまま劇場の外へ出て行った。

「ちょっと!?」と慌てて後を追いかける。

ロビーに出ると、美雪は首をぐるんと回して辺りを眺めていた。

「すごいな！　思ってた以上だ！」

その声は歌うように弾んでいる。

「なぁ！　これはなんだ!?」

壁に貼られた緑のタイルを細い指で突《つつ》いた。目が輝いている。ロビーの明かりの下に出ると、白黒の姿は余計に際立って見えた。しかしその顔は愛らしく、映画の中で幾度となく見た笑顔とまったく一緒だった。

「壁ですけど……」それが求められた答えなのか分からず語尾が淀《よど》む。

「違う！　これだ！　この綺麗なのだ！」

「色のことですか？　緑ですけど」

「へぇ、緑というのか！」

美雪は顔を近づけてタイルをまじまじと見つめている。子供が汽車の車窓に広がる大自然に心奪われているような横顔だ。

「なぁ、これは!?」

今度は置いてあった公衆電話の受話器を撫でた。

「赤ですけど」

「赤か！」と目を近づける美雪。

こんなに元気な幽霊がいるわけがない。それにもし、女優の幽霊ならば色のことは知っているはずだ。色を知らないということは、白黒映画の世界から出て来たからじゃないのか？

「そ、そんなに綺麗ですか？」

「わたしがいた世界にはなかったからな。こちら側を見てずっと気になっていたんだ」

色がない世界にいた？　じゃあやっぱり!?　いやいや、落ち着け！　そんな夢のようなことが起こるはずがない！

「あなた、もしかして女優さんの幽霊ですか？」

「幽霊？　そんなわけないだろ。わたしは王女の美雪だ」

彼女は腰に手を当て健司を見た。映画の中と同じ偉そうな態度。まさに王女そのものだ。

「本当に？」と慎重に訊ねると、

「くどいな。そうだと言っているだろ」

「本当なんですね!?」

健司は飛び跳ねた。そして彼女に駆け寄り、

「僕、あなたのことずっと観てました――」

美雪は置いてあった箒《ほうき》を取って健司の腹を柄で突いた。みぞおちに一発。突き刺さるような痛みが奔《はし》ってその場にうずくまった。

「気安く触るなと言ったはずだ」

悶絶する健司をじろりと見下す。この表情も映画と同じだ。それにこの痛み、これはやっぱり夢なんかじゃない。健司はみぞおちを押さえながら確信した。

「おーい健司、雷大丈夫だったかー？」

本多の声がしたので驚いて身体を起こした。煙草を買って帰ってきたのだ。みぞおちの痛みよりも焦りが勝った。

まずい！　どうする!?　本多さんに相談するか!?　でも「映画から人が出て来たんです」なんて言って信じてもらえるわけがない！　それどころか人を呼ばれて大騒ぎになるに決まってる！

健司は立ち上がると、美雪に顔を近づけた。

「行きましょう！　あっちに裏口があります！」

劇場の裏口から外に出ると雨はすでに止《や》んでいた。空には星が輝いていて、道にできた水たまりの中で月がおぼろげに揺れている。本当に不思議な天気だな、健司は手に持っていたジャンパーに袖を通しながら首を傾げた。雨によってさっきまでの暖かさは奪われ、辺りはぐんと冷え込んだ。

彼女は寒くないのだろうか？　前を歩くドレス姿の美雪に声をかけようとしたが、商店街の方へと勝手に行ってしまった。

「勝手に動き回らないでください！」健司は後を追いかけた。

時刻が遅いこともあって、幸いなことに商店街に人はいない。シャッターの下りた道を駆けてゆく美雪。初めて見る外の世界が新鮮なのだろう。辺りをキョロキョロと見回しながら、そこかしこにある色を眺めている。

しかしこのまま外を歩くのは危険だ。もし人に見られたら大騒ぎになる。

健司は着たばかりのジャンパーを脱いで彼女に差し出した。

「これで顔を隠してください」

「どうしてわたしがそんなことしなければならないんだ？　わたしに命令するなど無礼にもほどがある」

「そんなこと言わないでください！　あなたのその姿を見られたら大騒ぎになりますから！」

何度も何度も必死に頼んだ。美雪はむすっと顔を背けていたが、健司の哀願するまなざしに、「仕方ない」と差し出した上着を汚いものでも触るかのように指先でそっと受け取り頭からかぶった。

そんなに汚くないって。少し面白くなかったが、健司はほっと胸を撫でおろす。

全身とまではいかないが、顔だけは隠すことができた。これで幾分はマシなはずだ。このまま裏路地を通って家まで連れて行こう。

「こっちです！」と手招きして脇道に折れると、閉店後の居酒屋が軒を連ねる薄暗い道に出た。店先には今日の客が飲んだであろう空の酒瓶がケースにしまわれて段々になって積まれてある。明日の朝に酒屋が回収に来るのだ。美雪は酒瓶にも興味を示す。手に取って指で弾いて音を確かめていたので、「早く！」と小声で彼女を呼んだ。

この道を抜けてしばらく歩けばもう家だ。このまま誰とも出くわさずにたどり着きたい。緊張で冷や汗が出てシャツはもうぐっしょりだ。

「ちょっとそこの二人？」

ギクリと肩を震わして振り返ると、背後から警官が自転車に乗ってやって来るのが見えた。眼の細い岩のような顔の男。この界隈《かいわい》を担当している正義感の強い堅物警官だ。ま、まずい、どうしよう……。この状況でどう言い逃れをすればよいのだろうか？

チラッと後ろを見ると、美雪は警官に気付かずどんどん進んでいる。ここでなんとか警官を食い止めれば、彼女のことはバレずに済む。

「なにしてるんだ？　こんな時間に」

警官は少し離れた場所で自転車から降りると、怪しむような目で迫って来た。健司は「これから家に帰るところなんです！」と行く手を阻むように立ちふさがる。しかし警官は健司の肩越しに美雪を見つけると、「そこの人」と彼女のことを呼び止めようとした。

「ちょっとその上着取りなさい」

そう言って警官は健司を押しやり美雪の後を追う。しかし美雪は止まらない。「待ちなさい！」と警官は足を速めた。健司も慌てて警官を追う。

「ほら、取りなさい！」と警官が美雪の頭に手を伸ばした。

もうだめだ！　健司は目をぎゅっと瞑《つむ》った。と、次の瞬間、

「無礼者！」

美雪が積まれていたケースから酒瓶をさっと抜き取り、振り向きざまに頭を思いきり殴った。ガラスの粉砕する音と共に警官は昏倒《こんとう》した。健司は目の前の光景が理解できない。しかし倒れた警官と彼女の手にある割れた酒瓶を見て状況を理解した。

大慌てで警官に駆け寄って「大丈夫ですか!?」と呼びかける。うめき声を上げる警官。どうやら気を失っているだけのようだ。頭から血は出ていないし、小さなたんこぶができているだけだ。

健司は安堵して美雪を叱ろうと顔を上げたが、彼女はすでに先へと行ってしまってい

る。健司は警官に「ごめんなさい！」と謝って美雪の後を追いかけた。

「なんてことしてくれたんですか！」

追いかけながら美雪を叱ると、

「あいつは何様だ。次逢ったら牢獄《ろうごく》に叩き込んでやる」

美雪は肩にジャンパーをかけて腕組みをしながら不遜《ふそん》な態度で文句を言った。

「そんなことしたらあなたが捕まりますよ！」

どうやら美雪には警官や法律という概念がないらしい。映画の中の彼女は一国のお姫様——しかも主役——だ。いわば世界の規則そのものだ。あらゆる物事は彼女を中心に回っている。だから縛り付けるものなんてなにもないのだ。

でもなぁ……と、心の中で呟いた。郷に入っては郷に従えって言うじゃないか。この世界に来たなら、少しはこっちの規則に従ってほしいんだけどな。健司は大きなため息を漏らした。

飲み屋街を抜けるとひと気のない道が続き、辺りは暗くなった。古びた家々が並ぶ静かな住宅地を更に五分ほど歩くと、「待ってください！」と立ち止まって先を行く美雪のことを呼び止めた。

「ここです。ここが僕の家です」

指さすそこには二階建ての古びた建物がある。トタンの壁は雨風で錆びて、塗られていた緑色のペンキはほとんど剝《は》げてしまっている。雨どいには蔦が絡まり、二階の部屋に続く階段の脇には錆びた自転車やリヤカーが無造作に捨てられていた。

美雪は呆然《ぼうぜん》とその建物を見上げる。「どうしました?」と訊ねてみると、

「お前、人でも殺したのか?」

「は?」

「だってここ、牢獄じゃ――」

「違います。僕が普通に暮らしてる普通の部屋です」

「へぇ～。なんの罪も犯してないのに、こんな不潔で薄気味悪い所で暮らしているのか。お前変わってるな!」

「お金がないだけです」健司はムッとしながら言い返した。

嫌味じゃないのは分かってる。でもそんな風に言われるとさすがにちょっと腹が立つ。僕は親切で家に連れてきてあげたのに。まぁ、あの状況で放っておくことなんてできないけれど。

階段を上って鍵を開けると、彼女は土足のまま中に入ろうとしたから頼み込んでハイヒールを脱いでもらった。美雪は「小言の多い男だな」とヒールを脱ぎ捨て遠慮なしにずかずか部屋に上がり込んで行く。

台所から続き間になっている奥の居間に入ると、彼女は部屋をぐるりと見回した。映画のポスターがあちこちに貼られた六畳ほどの小さな部屋には、カチンコやアングルファインダーといった映画制作でしか使わないような物がそこかしこに置いてある。襖《ふすま》の脇には台本や映画関連の書籍が山積みだ。

健司は遅れて居間に入ると、緊張の糸が切れてその場にへなへなと座り込んだ。

今日一日は怒濤《どとう》のような出来事の連続だった。まるで自分が映画の主人公にでもなったような気分だ。そしてそのヒロインは——。美雪に目をやると、彼女は興味津々といった様子で部屋に置かれた小物を触っていた。

やっぱり白黒だ……。胡坐《あぐら》をかいてまじまじとその姿を観察する。

こうやって落ち着いた状況で改めて見ると、やっぱり映画の中の彼女そのものだ。「王女の美雪だ」と彼女自身も言っていたけど、正直まだ半信半疑だった。映画から人が出て来るなんて、現実では起こり得ないのだから。しかしこの白黒の肌といい、姿形といい、見れば見るほど信じてしまう。いや、僕はきっと信じたいんだと思う。目の前にいるこの人が、本物の美雪姫であると。

彼女はちゃぶ台の上に置いてあったキャンディーの入った缶を見つけて怪訝《けげん》そうにそれを取った。角の丸い直方体の缶だ。上下に振るとカランカランと音が鳴る。美雪は眉根を寄せてまじまじと缶を見ると、上部に付いた小さな円形の蓋を開けて、恐る恐る手のひらに中身を出した。真っ赤なキャンディーがひとつ転がって現れた。それに顔を近づけて、物珍しそうにじーっと眺める。

「それはキャンディーっていうお菓子です」と教えてあげた。

「キャンディー」初めて口にする言葉のようだ。嚙みしめるようにぽつりと呟く。

食べられますよ、と言うと、彼女は大きな口を開けてキャンディーを頰張った。

「んん！」

どうやらお気に召したようだ。顔中が目といった様子で目を見開いた。それから頰を緩めてにんまりと笑う。少女のようなその顔はなんとも可愛らしかった。

美雪は口のキャンディーを右へ左へ動かして、すぐにごくりと飲み込んでしまった。喉に詰まったのか、顔をしかめて苦しそうだ。

「ダメですよ！　飲んじゃ！」

胸をトントンと叩くと、ふぅっと息を漏らして、

「うん、なかなか悪くない味だ」

ご満悦の表情を浮かべた。健司はほっと胸を撫でおろす。

そうか。彼女はキャンディーというものを知らないのか。あの映画の中にキャンディーは出てこなかったから。彼女が知っているのは『お転婆姫と三獣士』に登場したもののだけのようだ。いや、それともうひとつ。スクリーンの中から見ていた劇場の様子だ。

さっきロビーで言っていた。「こちら側を見てずっと気になっていたんだ」と。きっとあちら側から映画を観ている客たちを見ていたのだろう。

ということは、と健司は顎を撫でて考えた。

彼女は向こう側から僕のことを見ていたってことか？　そうだとするとこんなに嬉しいことはない。一方的に僕だけが知っていたんじゃなく、彼女もちゃんと僕を認識してくれていたんだ。

健司は首の後ろを撫でながら照れ笑いした。

一方の美雪は東側の肘掛け窓へと足を向けた。そこに置いてあったペンキが気になるようだ。大家さんに頼まれて古くなった外壁と屋根を塗り直すために買ってきたものだ。蓋を開けて中を覗くと、傍《そば》に置いてあった刷毛を手に取り、ペンキの中にドボンと浸してそれを持ち上げる。黄色いペンキがぽたぽたと刷毛から垂れる。初めて見る色だからなのだろう。物珍しそうに黄色の滴が垂れるのを見つめている。

健司は改まって正座した。そして遠慮がちに顔の横で手を挙げると、

「あの、ひとつ訊《き》いてもいいですか？」

「なんだ？」こちらを見ずに美雪が言う。

「どうしてこっちの世界に？」

彼女はしばし黙った。ペンキの滴が落ちる、ぴちょんぴちょんという音だけが部屋に

木霊《こだま》している。

どうしたんだろう？　健司が首を傾げていると、ややあって美雪は口を開いた。

「あっちの世界は退屈でな。毎日同じことの繰り返しで飽き飽きしていたんだ」

「そんな簡単に出て来ていいんですか？　それにあなたがいなかったら映画はどうなるんですか？　観られなくなったり――」

「しもべはいちいちうるさいなぁ」

「し、しもべ？」

「今日からお前は、わたしのしもべだ」

「えぇ!?　嫌ですよ！　しもべなんて！　あ！　しもべじゃなくて王子様っていうのは――」

彼女がこちらに向かって刷毛を宙で振った。ペンキのしぶきが顔に掛かってしまった。どうやらお気に召さなかったらしい。顔とシャツが黄色のペンキまみれだ。

「なにするんですかぁ！」

慌ててポケットからハンカチを出してシャツのペンキを拭った。

「こんな薄汚れた部屋に住んでいる王子がいるわけないだろう。お前はしもべだ。よいかしもべ、明日は町を案内しろ」

「ダメですよ！　僕は映画の撮影で忙しいんです！」

「映画の撮影？」

あ、そうか。もしかしたら彼女は映画というものを知らないのかもしれない。

「えっと、映画っていうのは」

なんと答えてよいか口ごもっていると、遮るように彼女が言った。

「わたしたちのことだろ」

「え？」

「わたしたちは作られた存在で、人を楽しませるために生まれてきた。そうだろ？」

「よくご存じで……」

とりあえず一安心だ。映画というものを一から映画の中の人に説明できる自信はない。しかし胸を撫でおろしたのも束《つか》の間《ま》、

「よし、決めた！　明日はお前の仕事場を案内しろ。映画が作られているところを見てみたい」

そう言って目を輝かせた。

「いや、それはちょっと……」

美雪は腹を立てたのか、さっきよりたくさんのペンキを掛けてきた。顔が更に黄色くなってしまった。

「なにするんですかぁ!?」

「口ごたえするからだ」

じろりと目を細めてこちらを睨む。

口ごたえって……。この人は実際に逢ってみると結構面倒な王女様かもしれない。

これ以上の口ごたえは許さないといったまなざしに観念して、「分かりましたよ」と弱々しく頷くと、彼女は「分かればいいんだ」と言わんばかりに鼻を鳴らした。そして再び部屋の小道具に興味を示した。健司はため息を漏らして床に飛び散ったペンキを雑《ぞう》巾《きん》で拭きはじめた。

ほどなくして、彼女は大きなあくびをひとつした。どうやら映画の世界の人でも眠気というものはあるらしい。

とはいえ困ったぞ……。健司は腕組みをした。

彼女と二人でこの部屋で寝るのか？

部屋はこの小さな居間と、入ってすぐのところにある申し訳程度の広さの台所だけだ。しかもあそこは板の間で隙間風もひどいから寝るなんて無理だ。

ということは、やっぱり、ここで、二人で寝るのか……。

そう考えると自然と顔が緩んでしまう。

いやいや、下心なんてないぞ。これはしょうがないことだ。だって場所がないのだから。もっと部屋が広ければ別々に寝てもいいけど、布団だって一組しかないし、まだ六月の初旬だから朝方は非常に寒い。

　そんな自分への言い訳を散々していたら、美雪はしっしと犬を追い払うように健司を台所まで追いやった。なされるがまま後ずさって居間を出ると、彼女がシーツを投げてきた。部屋の境にこれを張れということらしい。

「いや、でも」と躊躇《ためら》っていると、苛立《いらだ》った表情を浮かべたので慌てて暖簾《のれん》のように台所と居間の境にシーツを張った。

　なるほど、これは〝ジェリコの壁〟というわけか。

　美雪はシーツの隙間からひょこっと顔を覗かせると「いいか、ここからはなにがあっても入ってはならんぞ」と厳しい口調で健司に告げた。

　まるで鶴の恩返しだ。でも覗いても逃げるわけじゃなさそうだ。きっと毛をむしられるのは僕の方だ。

　健司は「も、もちろんですよ」と苦笑いで頷く。しかし彼女がシーツの向こうに顔を引っ込めると、がくりと肩を落とした。

　そりゃあ、分かっていましたよ。一緒に寝るなんて絶対に無理だって。でもせめて部屋を均等に分けてほしかった。どう見たって彼女の方が広いじゃないか。それにこっちは隙間風がひどいし板の間だし布団もないし……。

　その夜、健司は身震いしながら眠りについた。

あくる朝――。寒さで目を覚ました健司は、震える身体をさすりながら昨日のことをぼんやりと反芻《はんすう》していた。もしかしたら夢だったのかもしれないな、と寝癖の付いた頭を掻《か》きながら思う。しかし居間との境にはジェリコの壁がある。例のシーツが張られているのだ。それを見るとやっぱり彼女がこの部屋に来たんだと実感する。

よかった。夢じゃなくて……。

眠い目をこすりながら嬉しくて笑みがこぼれた。

「おはようございます！」と意気揚々とシーツをくぐって挨拶をすると、健司は驚いて目を見開いた。美雪が窓を全開にして外の景色を眺めているのだ。

「窓開けちゃダメですよ!!」と慌てて駆け寄ると、

「入るなと言ったろ」

刃物のような鋭い視線に、逃げるように境界線の向こうに戻った。そして首だけシーツから出して「でも、もし歩いてる人に見られたら！」と窓を閉めてほしいと訴えた。

「まったく、ケツの穴の小さい男だな」美雪はやれやれと笑った。

なんで僕だけがこんなにビクビクしなきゃいけないいんだ……。

しかし外を眺める美雪の笑顔に、健司は思わず見入ってしまう。

朝日を浴びた彼女はやっぱり白黒の肌をしている。いや、灰色と言った方がいいのかもしれない。身体の色があるべきところにその色が存在していないのだ。昨日は夜だったのでそこまで気にはならなかったが、朝日の中にいる美雪は自分たちとはまったく異なって見える。灰色の肌というのはなんとも奇妙にこの目に映った。しかしながら、微笑んでいるその顔は色がなくても十分に美しい。スクリーン越しではなく、こんな風に手を伸ばせば触れられそうな距離にいるからこそ、その美しさは格別に思えた。生身の美雪は普段見ている映画の中の彼女より、はるかに、圧倒的に、美しかった。

美雪は両手を腰に当てると、王女らしく健司に言った。

「さて出かけるか。しもべ、馬車を用意しろ」

もちろん馬車なんて用意できるわけがない。健司に用意できるものといえば表で野ざらしになっているリヤカーくらいなものだ。

そこに美雪を乗せると、分厚い布団を頭から被ってもらった。当然嫌がられた。「なんでわたしが?」と不満そうに眉間に皺を作っていたが、なんとか頼み込んで身を隠すことに協力してくれた。

まずはとにかく、彼女の身なりをなんとかしなければならない。舗装されていない足場の悪い道でリヤカーを懸命に引きながら健司は思った。

作戦はもう考えてある。京映の撮影所に行けば女性ものの洋服も化粧道具も山ほどある。それを使って変身させるのだ。まず白黒の肌をなんとかしよう。それにはドーランを使うことにする。肌の色に合わせたベージュのドーランを全身にくまなく塗れば、その見た目はきっと普通の人と同じに見えるに違いない。それから口紅を塗って、頰にはチークを塗る。こう見えても僕はメイクにそこそこ詳しい。普段からメイク係の人と仲良くしていて、将来監督になったときのためにと勉強していたのだ。

それから次は洋服だ。彼女のドレスは白黒だし、それにいささか目立ちすぎる。あんなふんわりとした傘のようなスカートのドレスなんて、今の世の中で着ている人はそうはいない。だから今の時代に合わせた服を着てもらおう。きっと彼女のことだ。なんでも華麗に着こなすに決まっている。どんな衣装がいいだろう。ワンピース？　フリルのスカート？　いっそのこと和服なんてどうだろうか？　美しく変身した姿を想像しただけでさっきから笑みが止まらない。

リヤカーを引いて人通りの多い町中を歩く。そういえば荷台の美雪は随分静かだ。心配になって振り返ってみると、被った布団の隙間から町の景色を眺めていた。初めて日の光を浴びた世界を見たのだ。その光景に感動しているのだろう。

道行く車、ポスト、床屋のサインポール、宙を舞う蝶《ちょう》や木々に咲いた花。この世界を彩るあらゆる色に見惚れている。しかし油断をすると布団から顔を出して間近で色を見ようとするから、健司はそのたびに「伏せててください！」と懇願する。だが彼女は聞く耳なんて持たない。自分の興味の向くままにキョロキョロと辺りを眺めてしまう。誰にも見られませんように！　健司は急いでリヤカーを引っ張った。

ひと気のない土手にやって来ると、美雪は布団から出て新鮮な空気を大きく吸い込んだ。「隠れててください！」と頼んだが、暑くて息が詰まる、と顔をぷいっと背けてしまう。こうなったら言うことなんて聞いてくれないだろう。

でもまぁ、ここなら人もいないし、しばらくは大丈夫か……。

この日は特別に天気がよかった。空には大きな雲がひとつ浮かんでいて、そこに隠れた太陽の光が雲の縁《ふち》を金色に輝かせている。風はそよぐように頬を撫で、湿気がないから暑くても汗ひとつかかなかった。

よかった、と健司は空を見上げながら思った。

彼女が初めて見る朝の世界が、こんなに晴れたいい天気で。

背後で笛の音が聞こえた。振り返ると、美雪がオカリナを吹いている。映画の世界で三獣士にもらったお守りだ。外の世界に旅立つ彼女の無事を願って獣たちが渡したのだ。小さくて楕円《だえん》の形をしている白黒のオカリナだ。

その音色は風に吹かれて遠くの空へ吸い込まれてゆく。優しくて心地よい音色だ。道端の雑草たちも楽しそうに風に揺れていた。

ようやく京映の撮影所にたどり着くと、健司は足を止めて緊張のまなざしを守衛に向けた。なんとかここをやりすごさなければならない。下っ腹に力を入れる。

大丈夫だ。助監督がリヤカーで荷物を運んで来るなんてよくある光景じゃないか。

よし、行くぞ……。

ごくんと息を飲んで「お疲れさまです」と何食わぬ顔で挨拶をして守衛の横を通り過ぎる。見慣れた健司の姿に、守衛は敬礼をして見送ってくれた。

よかったぁ～と、安堵のため息を漏らしていると、

「牧野さん？」

驚きのあまり鞭《むち》で叩かれたように飛び跳ねた。

この声は……。

健司は振り返った。

「塔子さん！」

門をくぐって塔子が日傘を手にやって来る。どうやら今出社したみたいだ。花柄の白いワンピースの裾を揺らしながら小走りでこちらへ駆けて来た。

まずい……。健司は緊張で口を真一文字に結んだ。

リヤカーの真横で立ち止まった塔子は日傘を閉じながら「昨日はごめんなさい」と申し訳なさそうに小さく頭を下げた。

「お食事誘っていただいたのに断っちゃって。次はぜひご一緒させてくださいね」

「はい……じゃあ、僕はこれで」

一刻も早く立ち去ろう。今は静かにしているが、荷台のわがまま王女がいつ騒ぎ出すか分からない。

健司は不愛想に軽く会釈をしてリヤカーを引く手に力を込めて――、

「小道具ですか？」

足を止めた。

しまった。塔子さんが荷台を気にしている。

「そうです！　今日の撮影で使うものです！」

いつも以上に声が大きくなってしまった。怪しまれる前に逃げなくては。しかし、「きゃ！」と塔子が悲鳴を上げた。

「どうしました!?」

「動きました！　この布団！」と荷台を指さした。

ど、どうする！　どう誤魔化す!?　しらばっくれるか!?　いや、無理だ！　だって動いたんだもん！　でもなんて言ったら!!

「もしかして、これって……」と塔子が恐る恐る口を開いた。

ごくり……。健司は唾を飲んだ。

「動物ですか？」

「え!? ああ！ そうなんですよ！」

まさかの勘違いに健司は破顔した。

よかったぁ～！ これでなんとか誤魔化せそう――、

「わたし動物大好きなんです！」

ではなかった!!

猫や犬と思ったのだろう。にこにこと笑顔を浮かべて手を伸ばす。布団の端に塔子の細い指がかかる――と、

「触らない方がいい!!」

健司は叫んだ。

「え？」と手を引っ込める塔子。大きな目を更に大きくしてこちらを見る。

「これは……」

呟くと、塔子は息を飲む。

「これは猛獣なんです！」

「猛獣……」

「誰が猛獣だ！」

美雪の尖った声がメイク室に響いた。

なんとか塔子はやり過ごせたが、今度は美雪の機嫌を損ねてしまった。

「ああ言うしかなかったんです！」

健司は必死になだめようとしたが、美雪は「ふん」と頬を膨らませたままそっぽを向いて腕を組んでいる。

「あの、これに着替えてくれますか？」

恐る恐る機嫌を窺《うかが》いながら見繕った洋服を鏡の前の机に並べて置いて、その隣に化粧道具も置いた。しかし美雪は動かない。まだ怒っているようだ。もうすぐこのメイク室に女優が支度にやって来る。悠長にしている時間はない。だから、

「お願いです！　とにかく早く着替えてください！　あとお化粧も！　このドーランを顔と全身に塗るんです！」

必死に頭を下げながら頼むと、ようやく彼女は腕組みを解いてくれた。

僕がお化粧をしましょうか？　と気を利かせたらまた睨まれた。

「化粧くらいできる」

彼女は鼻を鳴らして椅子に腰を下ろした。そして背後で突っ立っている健司に出て行けと命令する。健司は不安を残しながらもメイク室から出て行った。

はぁ……。廊下に出ると、大きなため息と共にドアに寄りかかって力なく腰を下ろす。立てた膝に腕を乗せて項垂れると、被っていたハンチング帽がぱさりと床に落ちた。

彼女が怒る気持ちも分からないでもない。猛獣扱いされたんだ。女性なら誰だって怒るに決まっている。でもああでも言わなきゃ塔子さんに白黒の姿を見られていたに違いない。少しくらい僕の苦労も分かってほしいんだけどな。

廊下を行き交う社員たちが怪訝そうにこちらを見てきたので愛想笑いで誤魔化した。それから気を取り直して立ち上がる。

気を抜いたらダメだ。彼女は今、中で着替えている。誰も入らないようにしっかり守らないと。そう思ってドアを背にして辺りを警戒した。が、ふと気になってしまった。

……き、着替えているのか。

チラッと背後のドアを見る。ほんの一瞬だけ、美雪が着替えている姿を想像してしまった。

あーもう！　なにを考えているんだ僕は！　不埒《ふらち》な気持ちは捨てろ！　僕は今、彼女を守る騎士だ！　姫の裸を見ることなど、騎士道に反する！

美雪はなかなか出てこなかった。だんだんと不安と焦りが雪のように心底に積もって、健司はドアを見つめながら腕を組んで首を捻《ひね》った。

化粧が上手くできないのかな？　いや、それとも、もしかして窓から逃げてしまったとか？　だとすると大問題だ！　よし、やっぱり中に入ろう！

自分に言い訳をしながらドアノブを握ろうとすると、

ガン！　と、突然開いた扉に額をぶつけてひっくり返った。

「痛たた……」と額を撫でながら身体を起こすと、健司は眼前の光景に目を奪われた。

そこには、色を纏った美雪が立っている。

その姿に額の痛みは一瞬で消えた。

なんて綺麗なんだ……。

尻餅をついたまま健司はごくりと息を飲んだ。

いつも映画を観ながら「もし彼女に色があったら」と想像を巡らせていた。しかし実際に色を纏った姿を前にしたら、自分の想像力がなんと乏しいのかと痛感させられる。それほどまでに目の前の彼女は光り輝いて見えた。化粧はそれほど上手くはないが、肌色の頬にはさっとひとはけ紅を乗せて、灰色のときよりも立体的で人間らしい姿をしている。少し緩めた唇の赤さも、首筋や肩や腕の色合いも、この世界に生きる一人の女性のように馴染んで見えた。

着ているドレスもよく似合っている。ロイヤルブルーのノースリーブワンピースは美雪が着るために作られたオーダーメイド品のようにぴったりとフィットしていた。手に持った白い日傘も、黒いロングの手袋も、彼女が纏うと高級品のように見えてしまう。

「どうした？」

呆《ほう》けている健司を見下ろし、美雪は小首を傾げた。

「い、いえ」健司は半口を開けたまま首を横に振った。

こんなとき「綺麗です」と言えない意気地なしの自分が情けない。もし告げることができたら喜んでくれたかもしれないのに。

彼女は自分の姿を見てどう思っているんだろう？　喜んでいるのだろうか？　それとも戸惑っているのか？

いずれにせよ、彼女は唇を持ち上げて微笑んでいる。その表情は満足げだ。

「では参るぞ、しもべ」

美雪がヒールで床を鳴らしながら歩き出す。後を追おうと立ち上がったが、その優美な後ろ姿に釘付《くぎづ》けになってしばらくの間動けなかった。もう少しだけ、このままじっと見ていたい。そんな気分だった。


「――ここが映画を作っているところか」

メイク室のある事務棟を出て、撮影が行われている賑やかな場所まで連れて行った。女学生の格好をした役者たち、荷物を抱えたスタッフたち、そこかしこに置かれた小道具などを美雪は目を輝かせながら眺めている。物珍しいのだろう。歯を見せて楽しそうに笑っていた。

「勝手に動き回らないでくださいね？」と釘を刺したが無駄だった。彼女は勝手気ままに走って行ってしまう。どうやらスタジオの脇に積んであった妖怪の着ぐるみが気になったようだ。健司は「あーもう！」と顔をしかめて追いかけた。

京映撮影所では同時に何本もの映画を撮影している。だから古今東西、様々な衣装やセット、小道具などをあちこちで見ることができた。刀を腰に差して歩く侍、スーツ姿のギャング、怪獣、いろんな格好をした人々が美雪の横を通り過ぎてゆく。そのたびに美雪は「あれはなんだ？」と指をさして訊ねるので、健司はひとつひとつ説明してあげた。

彼女にとって、もしかしたらここは自分が生まれた場所に似ているのかもしれない。『お転婆姫と三獣士』は京映制作じゃないけれど、〝映画を作る場所〟という意味では同じような独特の空気が流れているに違いない。言うなればここはふるさとを想起させる場所だ。だから嬉しくなってしまうのだろう。

スキップでもしそうなほど彼女の足取りは軽やかで、手に持った日傘をくるりと回して鼻歌を口ずさんでいる。その後ろ姿を眺めながら健司は小さく微笑んだ。

喜んでくれてよかった……。

「あ、待ってください！　これ見てください！」

現代劇の撮影エリアで美雪を呼び止めた。

そこには大きな書き割りが置いてある。昨日健司が色を塗っていた例の書き割りだ。

なんとかボツは免れ、今日の撮影で使ってもらえることになった。

「これ僕が塗った書き割りです。あ、書き割りっていうのは風景に見立てた板のことで、撮影するときにこれを後ろの方に置くんです。で、この色を塗ったのは、なんとこの僕なんです！」と健司は胸をぽんと叩いてみせた。

美雪は書き割りを物珍しげに見つめて指先で突こうとする。

「あ、待って！　まだ乾いてないから触らないでください！」

そう言って制そうとしたとき、「おい健司！」と先輩助監督に呼び止められた。

「お前、なに油売ってんだ！　撮影の準備はじめるぞ！」

彼女の案内ですっかり忘れていたが今日も撮影はある。『怪奇！　妖怪とハンサムガイ』のミュージカル版の撮影がいよいよはじまるのだ。朝からみんな大慌てで準備をしており、サボっている暇などない。

「今行きます！」と返事をすると、美雪に向き直って「いいですか！　動かないでくださいね！」と念を押してスタジオへと走った。

スタジオ内に組まれたセットで撮影準備をしばらく進めていたが、どうにも彼女が気になってしまう。誰かに迷惑をかけていなければいいけど……。

健司は「トイレに行ってきます」と嘘を言って美雪の様子を見に行くことにした。

スタジオから抜け出してみると、向こうに人垣ができているのが見えた。書き割りが置いてある場所だ。

　みんななにを見ているんだ？　慌てて走って人垣の方へと向かう。

　目の前の光景に健司は走ることを忘れて絶句した。

　そこでは美雪が刷毛を手に、書き割りの空に色を塗っているのだ。さっきまで青々としていた空は赤、黄、緑など、極彩色で彩られた抽象画のようになっている。

「なにしてるんですか!!」

　健司は大慌てで美雪に駆け寄った。

「頑張って塗ったのに!!」

　しかし美雪は脚立で作った足場の上で刷毛とペンキ缶を手に鼻歌まじり。健司のことなど知らぬ顔だ。止めようとしても下手に脚立を動かしたら彼女が落ちてしまう。

　どうしたらいいんだ!?　と、あたふたしていると、

「牧野!!」と怒号が耳に飛び込んだ。

　恐る恐る振り返ると、清水が目を吊り上げてこっちに向かって来た。

「それ次の撮影で使う書き割りだろ！　おい、そこの女、なにをしてるんだ！」

「すみません！」

　反射的に頭を下げて謝ると、そこに、

「――素晴らしい」

俊藤の声が高らかに響いた。清水の後ろからゆっくりとやって来た俊藤は、今日も付き人や社長の成瀬を引き連れている。キザな様子でポケットに手を突っ込みながら美雪が塗った書き割りを見上げていた。

清水は振り上げたこぶしの所在を失くして目を丸くする。その隣で健司も驚いた。

素晴らしい？　怒っていない？　こんな滅茶苦茶になった書き割り、使いようがないはずなのに。そう思いながら俊藤を見ていると、彼はパチンと指を鳴らした。

「前衛的で独創的。僕が思い描いた怪談ミュージカルの世界観にぴったりだ」

「えぇ？」意外な反応に驚く一同。

「よし、採用だ！」

清水もその言葉で怒りが鎮まったようで、俊藤さんがそう仰《おっしゃ》るなら、と許してくれた。健司は「ありがとうございます！」と俊藤に頭を下げる。しかし、同時に思った。

俊藤さんの思い描く怪談ミュージカルって一体どんなものなんだろうか、と。感覚がズレているのか？　それとも、こういう独特の感性を持っているからこそ、スターとして君臨できているのだろうか？　どちらにせよ、凡人の健司には理解しがたいことだ。

「もし？　そこの君？」

俊藤が脚立から降りた美雪の背中に声をかける。刷毛とペンキ缶をその場に置いて、立てかけてあった日傘を取った美雪が俊藤を振り返る。彼は「ヒュゥ～」と口笛を吹き鳴らした。美雪の美貌に驚いたようだ。その顔が掘り出し物でも見つけたように輝く。

「美しい。おったまげたよ」

「お前は？」

美雪が物珍しそうに俊藤を見る。

「驚くのも無理はない。突然目の前に映画スターの俊藤龍之介が現れたんだ。よく言われるよ。まるで映画から飛び出してきたみたいだって」

「お前も飛び出してきたのか!?」びっくりして二、三歩俊藤に歩み寄った。

「お前も？」

「へぇ、他にもいたんだなぁ」

美雪は上から下まで俊藤を観察する。どうやら彼のことを自分と同じ映画の中から飛び出してきた存在だと勘違いしているらしい。

ち、違うんです……。健司は首を大きく横に振った。

彼は映画から出てきたわけじゃなくて、映画スター・俊藤龍之介さんなんです。もしこれで俊藤さんの気に障ったら……。

俊藤をチラッと横目で見てみると、彼は外国人のように両手のひらを上に向けて首をすくめていた。驚いたようで額には横にいくつも皺が刻まれている。

「僕を知らないのかい!?　映画一本も観たことがない!?　『嗚呼《ああ》！　花のハンサムガ

イ』『帰って来たハンサムガイ』『レッツゴー！　ハンサムガイ』、それに——」

「お前なに言ってるんだ？　頭大丈夫か？」

「ダメですよ！　そんな口の利き方！」健司が慌てて二人の間に割って入った。

相手は日本映画界を代表する大スターだ！　失礼にもほどがある！　それにもし怒らせてしまったら僕の首が飛んでしまう！

しかし俊藤は、ふっと鼻で笑った。

「とんだじゃじゃ馬だ。ますます気に入った。暴れる馬ほど乗りこなしたくなる性分でね。さぁ、来たまえ」

そう言って美雪を抱き寄せようと、その腕に手を伸ばす……が、美雪は手に持っていた日傘で俊藤の横っ面をぶん殴った。俊藤はその場に昏倒。気を失ってしまった。

「な、なにしてるんですかぁ——！」健司があんぐりと大口を開けて叫んだ。

「だって、気安く触ろうとするから」

美雪は悪びれる様子もない。

「だからって殴ることないでしょ！」

うろたえながら俊藤に駆け寄った。「俊藤さん！　俊藤さん！」と何度も揺するが白目を剝《む》いて気絶している。口の端からは泡が噴き出ていた。

「俊藤ちゃんはうちの看板なんだぞ！　なんてことしてくれるんだ！」

美雪をどやしつけ、成瀬も俊藤の身体を必死に揺する。

「おい、俊藤ちゃん！　しっかり！　しっかりしろ!!」

「俊藤さん！　大丈夫ですか！」

何度呼びかけても俊藤は動かない。首に力が入っていないのだ。

健司は涙目で振り返ると美雪に、

「なんてことを――あれ？」

しかしそこに美雪の姿はなかった。

しまった！　どこかへ行ってしまった！

健司は青ざめて立ち上がった。


撮影所中を駆け回って美雪の姿を探す。

彼女を野放しにしてはならない！　またなにか問題を起こすに違いない！

一刻も早く見つけ出して俊藤さんに謝らせよう！

彼女の行方を訊ねようと、別の撮影班のスタッフが立ち話をしているところに駆け寄った。彼らは『チンチン電車大爆破』の撮影班の助監督で、健司の先輩だ。

「次のシーンで使うダイナマイト、用意したのか？」

「しましたよー。監督が本物じゃないと撮らないってうるさいから」

と、話している二人に「あの！」と声をかける。

「この辺にちょっと変わったしゃべり方をする女の人いませんでしたか!?　えっと、服装は青っぽいワンピースに、手には日傘を持っていて、それから──」

二人は首を傾げる。健司があまりに焦っているから、何事かと怪訝に思っているようだ。健司は慌てふためきながら美雪の特徴を伝えた。

「あれじゃねぇか?」と先輩が健司の背後を指さした。

振り返ると、そこに美雪が歩いていた。弾かれるように彼女の元へ向かう。

「どこ行ってたんですか！　俊藤さんに謝りに行きますよ！」

「どうして？　下々の分際で馴れ馴れしい方が悪いだろう」

「下々じゃありません！　あの人は大スターなんです！」と健司は追う。

「おい健司」

伸太郎の声がした。

あーもう、なんでこんなときに！

向こうからやって来た伸太郎が美雪の顔を見るなり、手に持っていた小道具の箱を落とした。

「おいおい！　誰だよ、そのべっぴんさんは！」

「いや……」健司は口ごもった。

映画の中から出てきた王女様ですなんて言っても信じるわけがない……。

「え？　まさかお前の女か!?」

「違うって！」

「うわうわ！　塔子さんより美人ってこの子かよ！」

なんて説明したらいいんだ。困る健司を尻目に美雪はどんどん行ってしまう。

追いかけようとしたが、「おい、説明しろよ！」と伸太郎がゆく手を阻む。

邪魔だって伸太郎！　頼むよ！　今は放っておいてくれ！

美雪は映画の撮影現場を見つけて駆け寄ってゆく。

「ダメです！　今、撮影してるから待ってください！」

「どうしてわたしが待たなきゃいけない」美雪は更に近づく。

「ダメですって！」

伸太郎を振り払うと、「待ってください！」と美雪に叫んだ。しかし彼女は止まってくれない。「あーもう！」追いかけて腕を摑《つか》もうとしたが、ひらりと躱され日傘で横っ面を叩かれてしまった。あまりの痛さにうずくまって顔を抑える。

痛たた！　あーもう！　どうしてすぐ殴るんだ！　警官にしろ俊藤さんにしろ僕にしろ、いくらなんでも殴りすぎだ！

「もういい加減にして――」と顔を上げると、健司は驚いて両眉を上げた。

美雪が本番の撮影をしている現場に入ってしまったのだ。

「なにやってるんだ!!」

戸惑う役者を押しのけ、『チンチン電車大爆破』の監督が血走った眼で飛び込んで来た。恰幅《かっぷく》のよい身体を震わせて大声で怒鳴っている。顎の肉が盛大に揺れていた。

「本番の撮影中だぞ！　勝手に入るんじゃない！」

激高して詰め寄ると、美雪が監督をじろりと睨んだ。

健司はぶるぶると首を振る。

彼女にそんな口の利き方をしたらダメです！

悪い予感は的中した。追い出そうする監督を彼女は日傘で叩きのめした。役者たちが美雪を取り押さえようとする。しかし手を伸ばすと誰もが次々と返り討ちにあってしまう。

「なんなんだこの女は！」

監督が殴られた頬を押さえながら怒鳴った。

「健司の女っす」

びっくりして振り返った。「伸太郎！　お前!!」

伸太郎は知らん顔といった風に口笛を吹いて斜め上を見ている。

「おい、本当か？　牧野」

にじり寄って来るスタッフたち。その目には殺意が籠っている。後ずさる健司。謝ろうとした次の瞬間、「ふざけんな、てめぇ！」と主演俳優に殴られてしまった。それを合図にそこにいた誰もが殴る蹴るの大騒動。健司は「すみません！　すみません！」と地面に伏したまま必死に謝るが、彼らの怒りは収まらない。

「抜け駆けして美人を捕まえた罰だよ」

仲太郎はべぇっと舌を出した。

なんで僕がこんな目に遭わなきゃいけないんだ……。

健司は鼻血を流しながらがくりと伏した。

その脇では美雪が撮影に使う荷物を物色している。黄色と黒で毒々しく彩られたケース。『危険』と赤字で書かれた正方形の頑丈そうな箱だ。美雪はその箱の色合いが気に入ったようで中を開いてみる。そこには茶色の円柱状の筒が入っていた。導火線が伸びている。その正体は、先ほどスタッフたちが話していたダイナマイトだ。

美雪はダイナマイトを物珍しそうに手に取って眺めた。

それからしばらく手の中で遊ばせながら辺りを散策した。向こうからカラフルな衣装を纏った役者たちが歩いているのが見えると、美雪の関心はそちらに移ってダイナマイトをぽいっと放り投げて一目散に走り出す。別の撮影班の小道具の箱に落ちるダイナマイト。それは煙を発生させるためのスモーク——発煙筒——が入った箱だった。

なんとか役者たちの怒りを鎮めた健司は、ふらふらになりながら美雪を探した。もうこれ以上彼女を撮影所に置いておくのは危険だ。こっちの身がいくつあっても足りない。早く家に帰さないと。

しかし美雪は見当たらない。青あざのできた顔を歪めてため息を漏らしていると、「健司！」と清水の声が聞こえた。「俊藤さんが目を覚ましたぞ！　撮影再開するからスモーク用意しろ！」

こんなときに……。でも仕事を放棄するわけにはいかない。

健司は「はい！」と傍に置いてあったスモークの入った箱を手に取った。

「——さっきはすみませんでした！」

スタジオに入るや否や俊藤に頭を下げた。ディレクターズチェアに座りながら氷嚢《ひょうのう》で頭を冷やしていた俊藤が鋭く健司を睨みつけた。三銃士のようないで立ちをした俊藤はちょっと間抜けにも見えるが、それでも、その目力に圧倒された。

「あの子がマブくなかったらお前のこと殺してたよ」

なんともいえない迫力だ。これがスターの貫禄《かんろく》だろうか。

「でもいいさ。美人はあのくらい気性が荒い方が魅力的だ」

よかった、どうやらクビだけは免れた。

俊藤は気を取り直して、パンパン！　と手を叩くと、氷嚢を放り投げて立ち上がる。

「よし、じゃあ本番だ！」そう言ってマスケットハットを被った。

「はい！」とスタッフたちが走る。

スタジオ内には墓地のようなセットが組まれている。派手な提灯がそこかしこにあって、天井からは七夕祭りに使う鮮やかな笹飾りがいくつも吊り下げられていた。怪談ミュージカルの世界観が一体どんなものなのかは分からないが、俊藤はセットの出来になりご満悦の様子だ。今からここで妖怪たちと踊りながら心を通わせ、彼らを成仏させるクライマックスシーンを撮る。

スモークを所定の位置にセットして準備をする。しかし美雪のことが気になって仕方なかった。

どこかで悪さをしていなければいいのだけど……。いや、そんなことより、今はこのシーンの撮影に集中しなければ。これ以上の失敗はもう許されない。

俊藤がセットに足を踏み入れ準備ＯＫのサインを監督に送る。

「本番！　よぉーい！　スタート！」

音楽と共に俊藤と妖怪たちが颯爽《さっそう》と踊り出した。

俊藤のステップにスタッフの誰もが見入った。長い足をスッと伸ばして、それからくるりと華麗にターンをしてみせる。纏った衣装を揺らしながら激しいステップを踏むと、俊藤はカメラ目線でニヒルな笑みを浮かべた。

スタッフたちがセットの脇でスモークの導火線に火を点ける。そして勢いよく筒を俊藤の足元に次々と投げた。その中に本物のダイナマイトがあるとも知らずに。

「おい健司。助監督部屋に台本忘れてきちまった。取って来てくれるか？」

先輩の指示に健司はスタジオを飛び出した。

スタジオ外の道を駆け足で行くと、

ドン！　と背後でけたたましい爆発音がして、びっくりして振り返った。

今の音は一体……？

さっきの音は、俊藤が爆発した音だった。

それから駆け付けた警官によってスタッフたちの事情聴取がはじまった。幸いなことに俊藤は全身黒焦げになる一歩手前で一命をとりとめた。今は病院に搬送されて全身包帯だらけで眠っているらしい。

とりあえず無事でよかった……と安堵したのも束の間、健司は第一容疑者として警官からこってりと絞られた。どうやらさっき運んだスモークの箱に本物のダイナマイトが紛れ込んでいたらしい。

担当警官は昨日美雪が瓶で殴ったあの男だった。頭に包帯を巻いた痛々しい姿で机を何度も叩いて健司に凄む。昨日の恨みを晴らそうとしているのか、その尋問の具合は尋常ではなかった。しかし健司は身に覚えがない。だから必死に無実を訴えた。

確たる証拠がないという理由で解放されたのは、一時間以上も経ってからのことだった。詰問されて疲労困憊《ひろうこんぱい》の健司は会議室を出るとその場にしゃがみ込んだ。そして頭を掻きむしる。

どうして僕がこんな目に遭わなきゃいけないんだ……。

さっきから何度も何度も思っている。もう限界だ。むかっ腹が立ってどうしようもない。そもそも僕は彼女に振り回される理由なんてない。たまたま彼女が出てきたときにその場に居合わせただけで、親切心から家に連れて帰ってあげたんだ。それなのに彼女はなんの感謝もせずに、あれこれ命令ばかりしてくる。「ありがとう」なんて言ってくれとは思わないけど、それでもちょっとあんまりじゃないのか？

「なぁ、しもべ！」

美雪が廊下の向こうから駆け足でやって来るのが見えた。その顔はさっきまでの笑みはない。様子がおかしいのは一目で分かった。焦っているようだ。

「お前に探してほしいものが――」

「あなたと出逢ってから災難ばかりです」

健司は美雪の言葉を遮った。

「俊藤さんには怪我《けが》をさせるし、みんなには殴られるし、それに爆弾魔扱いまでされて。もううんざりです」

「なにを言ってるんだ？　それよりここに来るときにお守りを落としてしまったんだ。探してくれ」

そんなこと？　健司は美雪を睨んだ。彼女は両眉の端を下げて日傘をぎゅっと握り締めている。健司が「分かりました」と言うのを待っている。しかしなにも言わないことに腹を立てたようだ。

「どうした、しもべ？　さっさと動け。まったく役に立たない奴だな。命じたらすぐに――」

「僕はしもべじゃありません!!」思わず怒鳴ってしまった。

美雪の肩が驚きで揺れた。そして顔を微かに歪ませて俯《うつむ》く。

健司は溜まりに溜まった怒りをぶつけるように思わず、

「そんなの自分で探せばいいでしょ!?　もうこれ以上、僕に付き纏わないでください！　迷惑なんです！」

そう言って、そそくさと廊下の向こうへ去った。

後ろ髪は引かれるが、それでも決して振り返らなかった。

だって悪いのは彼女なんだ。そう自分自身に言い聞かせて。

この日の撮影は俊藤の負傷により中止になった。だから助監督部屋で雑用をすることにした。仕事は探せばいくらでもある。

助監督部屋には事務机が向かい合わせにいくつか据えてあり、窓際にはスプリングがダメになった黒い革張りのソファがある。そこでは古株の助監督が居眠りをしていた。

書き仕事をしていた健司の手が止まる。気付けばまたため息が漏れていた。

仕事をしている気分じゃないや……。

言い過ぎてしまった。彼女のあんな表情を見たのは初めてだ。動揺と悲しさが入り混じった不安そうなまなざし。僕はどうしてあんなことを言ってしまったんだろう。

さっきの自分の発言を思い返していると、雨音が窓を叩いた。立ち上がり軒先に出てみると、冷たい雨が降り注いでいた。トタン屋根を打つ雨音がだんだんと勢いを増していく。

大丈夫かな、彼女……。健司は空を見上げて思った。

お守りを探してほしいと言っていたけど、それってきっと今朝吹いていたオカリナのことだよな。映画の中で彼女は傷ついた心をあのオカリナに癒《いや》してもらっていた。大切なものなんだ。だからきっと今も必死に探しているのだろう。この雨の中で。それにあの肌の色はドーランで塗っただけのかりそめのものだ。もし濡れて落ちて色のない肌が露わになってしまったら。それを誰かに見られでもしたら……。

そう思うと不安ばかりが胸を覆った。

でも――。健司は雨に背を向ける。

彼女のせいで僕は今日一日――いや、昨日からずっとだ――面倒ごとに巻き込まれてきたんだ。それなのに文句ばかり言って、最後には「役に立たない奴」なんてことまで言った。そこまで言われて探してやる義理なんてないじゃないか。

確かに彼女は素敵な人だ。色を纏った姿を見たときは息が止まるかと思った。この世界のどんなものよりも美しいって心からそう感じた。でも、同じ世界で一緒に過ごすにはいささか凶暴すぎるし、わがまますぎる。あんなお転婆な王女様には付き合いきれないよ。だから僕にはもう関係のないことだ。

そう思いながら再び仕事に戻ろうとした。しかしどうしても窓の外が気になってしまう。雨脚は更に勢いを増し、癇癪《かんしゃく》を起して泣き出した子供のようだ。

雨音が健司の心に響き渡る。その音の中、ずぶ濡れの美雪を想像した。濡れながら悲しそうな表情で、必死にお守りを探している美雪のことを。

目を向けると、助監督部屋のドアの脇に一本の赤い傘が壁に立てかけられていることに気付いた。探しに行かなくていいのかい？　と健司に告げているようだった。

僕は彼女に逢いたかった……。

ずっとずっと一目でいいから逢いたいって、そう願い続けていた。

でも彼女はこの世界の人じゃない。だからめぐり逢えないと諦めていた。

それでも、こんな風に出逢えたじゃないか。

逢いたいと願い続けてきた人を目の前で見ることができた。話をすることができた。その美しさを、存在を、間近で感じることができたんだ。

願いが叶ったのに、それなのに、本当にこれでいいのか？

そりゃあ彼女は面倒な人だ。わがままでお転婆で、自分勝手な王女様だ。でもそんなの映画を観ていたときから分かっていたじゃないか。僕はそんな天真爛漫《てんしんらんまん》さに心惹《ひ》かれたんじゃないのか？

彼女が困っているとき、助けを求めているとき、僕はなにもせずにこんなところにいてもいいのだろうか？

「あーもう！」

頭を掻きむしって赤い傘を摑むと、健司は雨の中に飛び出した。

撮影所の外に出て、今朝来た道を引き返しながら美雪を探す。華奢《きゃしゃ》な傘では防ぎきれないほど雨風は激しく、クリーム色のズボンは濡れて色が変わってしまった。靴の中もジャンパーも雨でもうぐっしょりだ。

それでも健司は美雪を探した。行き交う人をすり抜けて、街角に彼女がいないか辺りを見回し続けた。体温は奪われて寒さで唇が震える。それでも立ち止まらなかった。

もしかしたら行き違いになってしまったのかもしれない。

もう一度撮影所の方に戻ってみよう。踵を返して走り出した。

美雪を見つけたのは、撮影所近くの土手沿いの道だった。

草むらの中を這ってお守りを探している。雨に濡れた肌はドーランの色が落ちかけていて、髪も服も無様なほどにずぶ濡れだった。

健司は慌てて駆け寄ると、美雪の頭上に傘を差し出す。

彼女は驚いて振り返ってこちらを見上げた。目には不安が籠っている。そのまなざしに健司の心はズキリと痛んだ。

きっと独りぼっちで不安だったんだ。右も左も分からないこの世界で、あんなに小さなお守りを探すなんて、そんなのできっこないと思っていたかもしれない。それでも諦めずに探していたんだ。こんなにずぶ濡れになりながら、たった一人で。

健司は傘を持つ手にぐっと力を込めた。

「この傘、持っててくれませんか？」

「どうして？」

美雪は顔を背けた。さっきまでの不安を隠して怒ったような表情を浮かべる。

怒って当然だ。ずっと放っておいたんだから……。

「探します」

「……え？」

「お守り。僕が探しますから」

健司はしゃがみ込んで、もう一度、美雪に傘を差し出した。

そして力を込めたまなざしで頷く。僕に任せてください、と伝えるように。

美雪はややあって、傘を受け取ってくれた。危険なものを触るように、そっと。

薄く微笑むと、美雪の代わりにお守りを探しはじめた。地面に膝をついて、草むらの中にあの小さな白黒の、色のないオカリナを探す。

美雪は立ち上がって少し離れた場所からこちらを見つめている。健司の身を案じているのか、それとも大切なお守りが見つかることを願っているのか？　分からないけど、絶対に見つけてあげたい。健司はそう思いながら雨の中で地を這い続けた。

「あった！」

砂利道と草むらの境目の窪《くぼ》みにそれは落ちていた。リヤカーに乗っていたとき、揺れた拍子に落としてしまったみたいだ。

お守りを拾い上げると、美雪の元へ一目散に走った。そして「ありましたよ！」とオカリナを振ってみせた。しかし彼女は嬉しそうではない。「どうぞ」と差し出すが、口を結んだままぴくりとも動こうとしない。まだ怒っているようだ。

その表情を見つめながら、さっきの自分の言葉を思い出した。

──もうこれ以上、僕に付き纏わないでください！　迷惑なんです！

「ごめんなさい。さっきはひどいこと言って」

彼女はなにも言ってくれない。

「怒ってますよね？」

上目遣いでチラッと見ると、

「お前は──」

弱々しく美雪は呟く。それから今度は強いまなざしを健司にぶつけた。

「お前はわたしのしもべだろ！　命じたらすぐに探せ！」

張りつめた表情の中に弱さが滲んで見える。

「すみません」

健司は顔を上げた。そして恐る恐る、

「でも、もう少しだけわがままを控えてもらうわけには──」

「無理だ」

つんと首を横に向けた。

「じゃあ、せめて殴るのは――」

「それも無理だ！」

頑《かたく》なその態度に思わず吹き出してしまう。

「なにを笑ってる？」美雪が唇を突き出したまま横目でこちらを見た。

「ごめんなさい。今まではスクリーン越しに観てたから気にならなかったけど、実際逢ってみたら想像以上にお転婆で。ちょっと面食らっちゃったんです」

「悪かったな」

と、口をへの字に結んだ。目の前で見るとこんな風に見えるんだな。怒っているけど、可愛らしい表情だ。

「やっぱりあなたは、勝ち気なくらいがちょうどいいです」

そう言って笑うと、彼女にお守りを差し出した。

僕はこの人のこういうところが好きなんだ。わがままでお転婆で、でもその姿には気品があって。彼女はいろんな表情を僕に見せてくれる。わがままを言うときの子供のような姿も、美しく佇《たたず》む姿も、まるで万華鏡のようだ。わがままで面倒な人だけど、天衣無縫で純粋な、文字通り現実離れした自由な彼女に僕は心を奪われたんだ。

美雪はそっとお守りを受け取った。そして手の中のオカリナをじっと見つめながら、「しもべ？」と健司のことを呼んだ。

なんですか？　と小首を傾げると、美雪はふっと微笑みかけてくれた。

「褒めて遣わすぞ」

雨の中、赤い傘の下、優しく微笑む彼女。

その光景に思わず見惚れてしまった。

僕はずっとずっと彼女に逢いたかった。逢いたいと願っていた。その夢は叶ったんだ。

彼女がこの世界に出て来られたのは、もしかしたら僕の願いが天に届いた奇跡なのかもしれない。大げさだけど、今はそう思いたい。そんな風に考えたら、今までなにもかもが上手くいかなかった日々に、ほんの少しだけ光が差したような気がした。

「あれ？」

健司は空を見上げた。突然雨が止んだのだ。

分厚くて灰色の雲は瞬く間に流れて青空が顔を覗かせた。金色の太陽が輝いている。砂利道にできたたくさんの水たまりはその陽光を受けてキラキラと光を放つ。

「さっきまであんなに降ってたのに。不思議なこともあるんですね」

「不思議？　わたしがいた世界ではよくあることだぞ？」

「それは映画の世界だからですよ」

健司は口の端を緩めた。

映画の世界じゃ雨が突然止むなんてよくあることだ。でも現実世界じゃあり得ない。

演出じゃないんだから。まぁでも、こんな風に彼女がここにいることが、現実ではまずありえないことなんだけどな。

そう思いながら、彼女を見た。美雪は健司の後ろの空を見つめて目を丸くしている。なんだろう、その視線を追うように振り返ると、

「あ……」

健司は思わず声を漏らした。

虹だ……。

まるで遠くの世界とこの世界を結ぶ架け橋のような大きな虹が空に架かっているのだ。

美雪はその七色に輝く光のアーチに見惚れている。

きっと虹を見るのも初めてなんだろう。あまりの美しさに言葉を失くしていた。

「あれは虹って言うんです」

彼女にそう教えてあげた。

「虹……」美雪は言葉を嚙みしめるように呟いた。

「虹は幸運の象徴なんです。空に二本虹が架かったら願い事が叶うとも言われているんですよ」

「へぇ、それは見てみたいものだ」

彼女はにっこり笑った。

「じゃあいつかそんなときが来たら、この場所で一緒に見ましょうね」

「考えといてやる」

今度は目を細めて少し意地悪な顔をしてみせた。愛らしくもあり、それでいて王女としての気高さも兼ね備えた、そんな微笑みだ。

彼女はわがままでお転婆な王女様だ。

たくさん僕を困らせる。

でも、さっきよりもほんの少しだけ、彼女と心が通じ合えたような気がしている。

そのことがとても嬉しい。

健司が笑いかけると、美雪も微笑み返してくれた。

そして、その笑顔に改めて思った。

彼女は自由で、それでいて美しい。

この世界のなによりも、どんなものよりも綺麗だ。

まるで空に架かる虹のように、美雪の笑顔は鮮やかに輝いて見えた。

第二章

そこまで話し終えると、健司はベッドサイドに据えてあるテーブルに古い原稿を置いて、ひと息ついた。

窓の外に目を向けると桜の花びらが青空の中を舞っている。春のうららかな風が病室の窓から流れ込んでカーテンをふわりと揺らすと、ほんの少しだけ春の匂いがした。

「へぇ、なかなかいい話ですね」

天音が丸椅子で足をバタバタさせて笑っている。

健司は少し恐縮して「そうかな」と微笑んだ。

今までこんな風にこの物語を誰かに語ったことなど一度もなかった。しかも六十歳近くも年下の女の子に。どんな反応をするか少々不安だったが、満足してくれているようでほっと胸を撫《な》でおろした。

「てか、この主人公、牧野さんなんですよね？」

不意を突いた質問に、思わず「え？」と彼女を見た。

「牧野さんも映画の世界で働いてたって言ってたでしょ？　あ、主人公に自分を投影しちゃったパターン？　だとしたらヒロインのモデルは亡くなった奥さんか～」

その言葉に押し黙っていると、

「あれ？　牧野さんの奥さんって亡くなったんですよね？　お見舞い一度も来ないからてっきり――」

そこまで言って天音はハッと口を押さえた。傷つけてしまったと思ったのだろう。

「……ごめんなさい。デリカシーなかったですね」

そう言って子供のようにぺこりと頭を下げた。

気を遣わせてしまったかな……。

健司は作り笑いを浮かべて「そんなことないさ」と彼女を労《いた》わる言葉をかけた。

天音はほっとしたようで、ごめんなさい、とうなじのあたりを手のひらで撫でた。そして椅子に座り直すと、

「で、それからどうなったんですか？」

目を輝かせてこちらを見た。

健司は小さく微笑《ほほえ》みテーブルの上の原稿を取る。そして古びたその原稿を手のひらで撫でると、

「じゃあ、続きを話そうか」

そう言って、物語の続きを語りはじめた。

＊

彼女と暮らしはじめて二週間ほどが流れた。

この二週間は人生のどんな二週間よりも濃密で刺激的だった気がする。女性と暮らすこと自体初めてだし、しかも相手は王女様だ。一筋縄ではいかなかった。

あの雨の日以来、少しはわがままも収まるかなぁと淡い期待も抱いたけれど、そんな考えは甘かった。彼女は「どこかへ連れていけ」「腹が減った」「退屈だ」「わたしを楽しませろ」と、ことあるごとに命令してくる。

「僕は仕事をしているんです！　二十四時間すべてあなたのために使うなんて無理ですよ！」

何度も訴えたけど、そんな道理は通用しない。「だったら一人で勝手に出かける」と部屋を出て行こうとするので、そのたびに健司は慌てた。撮影所での事件を思い出して必死に引き留める。お願いだから一人で外に出ないでほしいと。

彼女は「ならば、分かっているな」とにやりと笑う。

仕方ない、今夜も散歩へ連れて行こう……。

そんな風に前にも増して日々の暮らしは忙しくなった。助監督の仕事に加えて、彼女を楽しませることも健司の大きな仕事だ。

散歩の途中、隣を歩く美雪を見ながら思う。

いつまでこの世界にいるつもりだろう？

帰ってほしいだなんて思っていない――いや、わがままが激しいときはちょこっとだけ思ったりもするかもな――。でも、彼女はこの世界に来た理由を「向こうの世界が退屈だから」と言っていた。だから満足したら帰ってしまうかもしれない。

いつか来る別れを思うと、なんだかすごく寂しくなる。

こうして奇跡が起きたんだ。この奇跡がもっともっと続いてほしい。できることならこれからもずっと。

それに、彼女に僕の作った映画を観《み》てもらいたい。夢を叶《かな》えたところを見届けてもらいたい。だから今こそ踏ん張り時だ。彼女という奇跡が起こったんだ。きっと夢にだって大きな奇跡が起こるはずだ。

そう思いながら、毎日の仕事に臨んだ。

そんな中、大きなチャンスが舞い降りた――。

俊藤の驚異的な回復力によって、『怪奇！　妖怪とハンサムガイ』の撮影が再開されたある日のこと、健司と仲太郎、そして若手助監督の数人が清水から呼び出されたのだ。

なにごとだ？　と、皆で顔を見合わせる。

誰一人として叱られるようなことはしていないぞ。

「じゃあもしかしたらクビだったりしてな」

縁起でもないことを言った仲太郎がみんなから頭を叩《たた》かれた。しかし仲太郎がそう思うのも仕方ない。だって本当に呼び出される理由が見当たらないのだから。

事務棟の二階にある会議室に入ると、清水は年季の入ったパイプ椅子に腰をかけていた。そして緊張して前に並ぶ健司たちに信じられないことを言った。

「社長から若手にチャンスをやれって言われてな。脚本書いて持って来い。検討して良いものがあったら監督デビューさせてやる」

「本当ですか!?」一同が驚いて声を揃《そろ》えた。

夢じゃないよな!?　と仲太郎がこちらを見る。

健司は、うんうんと頷《うなず》いて笑う。

しかし夢でも見ているような気分だ。入社して七年、こんなに大きな機会にめぐり逢うことなど一度もなかった。盆と正月とクリスマスと日曜日と夏休みと冬休みがまとめて一気に押し寄せて来たよりもずっと嬉《うれ》しい。これも彼女がもたらしてくれた奇跡のひとつなのかもしれない。

監督になれるかもしれない……。そう思うと感極まって震えが止まらない。

ずっと願い続けてきた夢が、手を伸ばせば触れられるほど近くまでやって来た。人生最大のチャンスに天にも昇る気分だった。

＊

父から頼まれた書類を制作部に届けた塔子は、社長室に戻るために事務棟の長い廊下を歩いていた。

等間隔に設置された窓からは午後の日の光が差し込んで、板張りの廊下に光の四角を作っている。その窓の向こうでは初夏の風に草木が揺れて、野良猫が木陰でのんびりと昼寝しているのが見える。平和的な光景に思わず頰《ほお》が緩んだ。

あとふた月もすれば夏本番だ。夏の撮影は過酷を極める。スタッフのみんなが倒れなければよいのだけれど……と、そんなことを思いながら歩いていると、

「知ってるか？　若手にチャンスやるって話」

向かいから歩いてきた中年の二人組——恐らく大道具係だと思う——がてぬぐいで首筋の汗を拭きながら話しているのが視界に入った。

「ああ、社長が言い出したんだろ？　珍しいこともあるもんだな」

彼らはこちらに気付いて会釈をすると、塔子は笑みを浮かべて通り過ぎた。

もう会社中の噂《うわさ》になっているんだ……。

塔子は社長室のドアを開けた。

席に着いて秘書業務の続きをはじめる。社長令嬢とはいえ、世間知らずになるのが嫌で父に頼んで秘書の仕事を手伝わせてもらっている。同い年の女の子たちの中には額に汗して一生懸命働いている人もたくさんいるのだ。そんな人たちを尻目に自分だけが裕福さに甘えていてはいけない。

タイプライターをパチンパチンと叩いていると、

「いよっしゃぁ――――！」

窓の外で歓喜の雄叫《おたけ》びが聞こえた。

聞き覚えのある声に手を止めて、窓辺に歩み寄る。

窓の向こうに健司と伸太郎が意気揚々と走っているのが見えた。

「これで俺らの時代が来るぞ！」

「どっちが採用されても恨みっこなしにしような！」

健司は嬉しそうな表情を浮かべた。

「当たり前だろ!?　ま、勝つのは俺だけどな！」と伸太郎が言い返す。

塔子は窓にそっと手を付き、微笑みを浮かべる。

「珍しいな。お前が映画のことに口出すなんて」

振り返ると、成瀬が部屋に入って来るところだった。

「ありがとう、お父さん」

「しかし、どうして急に若手に機会をなんて言い出したんだ？」

「それは――」

もう一度振り返って窓の向こうに視線を向ける。健司の顔をしっかりと見つめた。

彼の笑顔を見ると、いつも胸が温かくなる。それが恋だということは随分前から自分自身気付いている。でも、その気持ちをどう扱えばいいか分からないでいた。これが初めての恋だから。彼と顔を合わせると身体の細胞のひとつひとつが嬉しいって踊ってしまう。それなのに面と向かうと素直におしゃべりすることができなくて、そういうのが歯がゆくて、いつもなんだか舞い上がってしまうのだ。

それでも、こんな風に好きな人の力になれた。そのことがなにより嬉しい。

牧野さんが監督になれればいいな……。

心の中で呟《つぶや》きながら、去って行く健司の背中をいつまでも見つめていた。

＊

大きなチャンスが舞い込んだとはいえ、一体なにを書くべきなのだろうか。

健司は昼からずっと頭を悩ませていた。

今まで考えた物語はすべて上司である清水に企画書として提出した。しかしどれもボツを食らって実現することはなかった。駄目だった作品を改良して脚本に書き起こしたところで結果は目に見えている。新しい物語を作る必要があるのだ。しかしここ最近は多忙を言い訳に企画を考えることから離れてしまっている。頭の中の貯金は底をついていた。

締め切りは再来週。時間はない。こんなに大きなチャンスが目の前に転がっているのに「思いつきませんでした」なんて絶対に嫌だ。

よし、とにかく帰って企画を考えよう！

健司は仕事を終えると一目散に足を自宅に――。

いや、待てよ……と、歩みを止めた。

帰ればきっと彼女は僕に言うだろう。「腹が減ったぞ、しもべ」って。それから料理を作って、日課である夜の散歩に出かけたら、解放されるのはきっと夜中だ。

そう思うと自然と足が繁華街へと向いた。

久しぶりにロマンス劇場へ行こう。あの場所の空気を吸えば、なにか妙案が思い浮かぶかもしれない。

劇場通り商店街のアーチをくぐると、ロマンス劇場から客たちが出てくるのが見えた。みんな満足そうな表情を浮かべて「あそこがよかった」「ここがよかった」と今観た映画の感想を語り合っている。そんな姿を遠巻きに見ながら健司は思った。

僕の作った映画で、もしあんな風に喜んでもらえたら、それってどれほど幸せなことなんだろう。

劇場の階段を上り、切符売り場のガラス窓をコンコンとノックすると、今日の売上を数えていた本多が顔を上げた。そして健司を見るなり「今日はもう終わりだぞ」と虫でも払うみたいに手を振ってロビーの方へと行ってしまった。

健司もロビーに入ると「ちょっと気晴らしで」と笑顔を向ける。

「なにが気晴らしだ。お前がここにいても一銭にもならないだろうが」

相変わらず本多は素っ気ない。

「そんな言い方しないでくださいよ」と不貞腐《ふてくさ》れてソファに腰を落とした。

「じゃあラムネの一本でも買うんだな」

本多が瓶をこちらに差し出した。渋々お金を払ってよく冷えた炭酸を胃に流し込んだ。甘味が口いっぱいに広がって仕事の疲れが一気に吹っ飛ぶ。ラムネはたまの贅沢《ぜいたく》だ。そうだ、今度彼女にも飲ませてあげよう。きっと気に入るはずだ。そう思いながら健司はラムネの続きを飲んだ。

「最近あんまり顔見せなかったじゃないか」

ロビーの隅に据えてある棚を掃除しながら本多が背中で言った。

ドキリとしてラムネを噴き出しそうになる。映画の中から意中の人が出てきてその相手をしていました、なんて言っても信じるわけがない。

「ちょっと忙しくて……。あ、実は今日、監督になるチャンスをもらったんです！」

「へぇ、どんな？」

「脚本を書いて持って来いって言われたんです。うちの会社の映画って基本的に監督が自分で本を書くんですよ。それでもし面白い本を書いたらそれを撮らせてくれるって上司が」

「そりゃすごい話だ」

本多は寄る年波で足腰が悪い。棚掃除をするのは大変そうだ。だから健司は代わりに棚の埃《ほこり》を拭いてやった。本多は、ありがとよ、と軽く手を挙げソファで煙草を吹かした。

「ずっと夢だったんです。自分の作った映画で誰かを幸せにすることが」

棚の上の写真立てを持ち上げ、その下を拭いながら言った。

しかし、ふっと手が止まる。

「でも、いざ監督になれる機会が巡って来たらなにも思いつかなくて」

知らぬ間にため息が漏れていた。

「才能ないのかも……」

自嘲するように笑みを浮かべていると、本多がぽつりとこんなことを言った。

「浮浪者、紳士、詩人、夢想家、孤独な人、皆いつでもロマンスと冒険にあこがれているんだ」

健司は振り返った。

「なんですかそれ？」

「なんかの本に書いてあったチャップリンの言葉だ」

それから本多は煙草を灰皿でもみ消すと、立ち上がって健司の手から写真立てを取った。それは本多が妻と撮った結婚記念の写真だ。印象的な写真だった。結婚の写真なのに二人が離れて立っている。もっと近づけばいいのに……と、健司はいつも見て思っていた。

本多は写真立ての曇《くも》りをシャツの袖でぐいっと拭った。そして、

「もし本当のロマンスとめぐり逢《あ》えたら、きっとこの世界も映画みたいに輝いて見えるんだろうな……」

そう言って、静かなまなざしを写真の中の今は亡き妻に向けた。

ロマンスとめぐり逢えたら……。

その言葉はずっしりと響いた。同時に目の前の霧が晴れて、深い森の奥に光が差し込

むような、そんな気持ちに心は包まれた。

そうだよ。僕はもうロマンスとめぐり逢っているじゃないか。

だったら僕が作るべき物語はひとつしかない。

僕が作りたい物語、それは……。

「本多さん」

振り返った本多に健司は清々《すがすが》しく笑ってみせた。

「ありがとうございます。僕、なにを書くべきか分かりました」

本多も微笑みを浮かべた。

よかったな、って思ってくれているんだ。この人は口は悪いけど根は優しい人だ。きっと迷っている僕を導こうと思って——ん？

本多が手のひらを差し出した。

「……もしかして、お金取るんですか？」

「相談料だ」

この人は相変わらずお金にがめつい……。

健司はがくりと首を垂らした。

真《ま》っ新《さら》な原稿用紙の一行目に『〇ロマンス劇場』と〝柱〟を書いた——柱とは脚本上

で場所を示す用語だ――。

物語のはじまりの場所は、彼女と出逢ったロマンス劇場がふさわしい。

すぅっと呼吸を整えて万年筆を走らせる。言葉は次々と泉のように湧き出てきた。こんなことは初めてだ。脚本を書くのが苦手な健司は、習作でペンを取ってもすぐに挫折していた。それなのに今日は筆が止まることがない。きっと書きたい物語をもうすでに彼自身が体験しているからだろう。

美雪と出逢ってからの日々を、あの騒動を、健司は原稿用紙の上で再現してゆく。

美雪の愛らしい笑顔を思い出すと、ふふっと笑みがこぼれてしまう。

彼女がわがままを言う場面を書くと、あのときの苦労が蘇《よみがえ》って顔が歪《ゆが》む。

健司は一心不乱にペンを走らせた。

僕が書きたい物語はただひとつだ――。

彼女と出逢い、彼女と過ごすこの日々を映画にしたい。わがままでお転婆《てんば》で、それでも凜《りん》とした一輪の白い薔薇《ばら》のように美しい彼女のことを、もし映画にすることができたなら、これ以上に幸せなことはない。

僕にとってのロマンスは、あなたなんだ……。

こつん！　頭に真っ赤なキャンディーが当たった。キャンディーは次々と飛んでくる。赤、黄、緑、たくさんの色が頭に当たっては、原稿用紙の上に転がってゆく。

健司は頭を振った。

ダメだダメだ！　集中集中！　集中しなければ!!

こつん！　こつん！　キャンディーは止まらない。

「あーもう！　なにするんですか!?」

さすがに集中が切れて振り返った。美雪は部屋の隅で椅子に座って、背もたれに肘《ひじ》をつきながらこちらを見ている。むすっと不貞腐れた表情だ。

色を纏《まと》った彼女にも随分見慣れた気がする。化粧が上手くなって、その肌は今や人間のそれと遜色《そんしょく》なく見える。

「退屈だ」美雪がキャンディーをまた投げた。

「お願いです！　もうちょっとだけ仕事をさせてください！」

「ダメだ。約束だろう？　いつ何時でもわたしの言うことを聞くと」

「それはそうですけど……」

二人の間には約束があった。いつこの部屋に人が訪ねて来るか分からないから化粧は常にしていてほしい！　健司はそう頼んだ。すると彼女は「じゃあその代わり、お前はわたしに絶対服従だ。よいな」と言った。かなり不平等な気もするけど、でも白黒の彼女を見られて大騒ぎになるよりマシだ。だから健司は渋々頷いた。以来、昼夜を問わず美雪の命令に従っていた。

相変わらず〝しもべ〟な自分が情けない。

僕はいつになったら王子様になれるのだろうか？

そして今夜も「どこかへ連れていけ」と美雪が命令する。

健司は「でも……」と原稿をちらっと見る。

丁度、興が乗ってきたところなのに……。

今度はキャンディーの缶が飛んできた。

びっくりして躱《かわ》して「なにするんですか!?」と声を上げる。

「さっさと言うことを聞かないからだ」

そう言って睨《にら》むから、健司は身を縮めて小さくなってしまう。

完全に出来上がってしまった主従関係。もうこうなったら彼女をどこかへ連れて行かなければ収まりはつかない。明日はちょうど仕事も休みだ。

でもな、明日は執筆に時間を当てたいんだけど……。

ふと、あることを思いついて、ぽんと膝《ひざ》を叩いた。

「じゃあちょっと協力してくれませんか？」

「協力？」

「シナリオハンティングです」

健司は顔一杯に笑った。

シナリオハンティングとは、原稿を書くにあたって実際にその場所を訪れて取材をすることを言う。通称『シナハン』なんて呼ばれたりもしている。

これは僕と彼女の物語だ。ちょうどお守りを探すところまでを書いてしまったから、これから先の物語は僕らが日々を過ごしながら作っていけばいい。彼女といろんなところへ出かければ、おのずと物語は広がってゆくはずだ。

それに「物語を書くためなんです」と言えば、それを免罪符に彼女と手を繋《つな》いだりできるかもしれない。もしかしたらそれ以上も……。

勇気のない健司にとって、それはまさに一石二鳥の作戦だった。

美雪のことを楽しませ、尚且《なおか》つ、二人の恋も発展させようと思ったのだ。

それからというもの、二人は休日や仕事の合間を利用して様々な場所を訪れた。

しかし彼女との距離をなかなか縮めることはできない。薔薇園に出かけたときは手を繋ごうと試みたが、するりと躱されてしまった。またあるときはかき氷で「あーん」のし合いっこをしたかったが、彼女は一人でさっさと食べてしまった。

やっぱり僕はまだまだ〝しもべ〟なんだな……。

健司はしょんぼり背中を丸めた。

「夕日！」

「りんご」

「ポスト！」

「イチゴ」

家の近くの橋の上を歩いているときのことだ。二人はいつもよくするゲームで盛り上がっていた。いわゆる『連想ゲーム』だ。お題を決めてそれにまつわるものを言い合う。

この日のお題は『赤いもの』だった。

「えーっと……あ、薔薇！」と美雪が思い出して手を叩いた。

「もみじ」と健司がすかさず言う。

まだまだ彼女に負けるわけがない。しかし、

「もみじ？」

どうやら彼女はもみじを知らないらしい。

「わたしの知らないことを言うのは反則だ。はい、しもべの負けー」

ルールはいつも彼女が決める。彼女が負けと言えば、なにをどうあがこうが負けになってしまうのだ。そしてその後にはひどい罰が待っている。だからこの日も、

「じゃあ罰として目隠しして手すりの上を歩いてみろ」

と、橋の欄干をぽんぽんと叩いて笑った。

健司はぶんぶんと首を振る。「無理ですよ！」

僕は泳げないんだ！　落ちたら溺死してしまう！

しかし美雪は許してくれない。観念してポケットからハンカチを取り出して欄干によじ登った。

「い、行きますよ……」

目隠しして両手を広げて慎重に一歩一歩進んでゆく——が、棒のようなもので足を突かれた。

びっくりしてバランスを崩してしまう。きっと美雪がいたずらをしているのだ。

「危ないですから！　うわぁ！」

足を滑らせ川に落ちてしまった。落ちた拍子に目隠しが取れて橋の上を見る。案の定、木の枝を手に笑っていた。

「笑ってないで助けてくださいよぉ！」

しかし美雪は欄干に頬杖《ほおづえ》をついて笑ったままだ。溺れている健司がよほど面白いらしい。

まったく、ひどい王女様だ。

ようやく川から這《は》い出《で》ると、夜の川辺で焚火《たきび》をして濡れた服を乾かした。

くしゅん！　とくしゃみをすると、少し離れたところに座っていた美雪がくすくすと笑う。笑いごとじゃないですよ、と目を細めるが、楽しげなその表情に腹立たしさなんてあっという間に忘れてしまった。

まぁ、いいか。彼女が喜んでくれるなら……。


そんなシナリオハンティングの日々は一週間ほど続いた。

清水への提出期限は来週。進行としてはギリギリだけど、なんとか間に合いそうだ。ここのところ仕事と執筆、彼女のお供という三つを掛け持ちしているから体力的にはかなりきつい。映画撮影は佳境。帰れない日も少なくない。しかしそんな多忙の毎日でも気持ちはいつも晴れやかだった。

だって、そうじゃないか。逢えないと思っていた愛《いと》しの人とこんな風にデートをして、毎日顔を見合わせていられるんだから。楽しそうな彼女を見ると嬉しくなる。もっともっと楽しませてあげたい。退屈しのぎでやって来たというその目的を、僕が叶えてあげるんだ。

きっと彼女は僕のことを男としては好きじゃないと思う。恋心を抱いてくれだなんて滅相もない。だって僕は、まだまだ〝しもべ〟なんだから。でも、こんな風に彼女と過ごす他愛なくも幸せな日々がずっと続いて、いつか王子様になれたなら……。

その日まで頑張ろうと、健司は思った。

数日後。仕事の合間を縫って美雪をお祭りに連れて行ってあげた。近くの神社の例祭だ。この日は境内に多くの出店が並ぶ。午後にはたくさんの人が訪れる。彼女は人混みをひどく嫌うから、少し早めに神社にやって来た。

美雪が暮らしていた世界には日本的なお祭りなんてもちろんない。だから神社の境内に延びる出店を見て目を輝かせていた。そして紺のロングスカートをふわりとさせながら出店の方へと子供のように走って行った。

「――なんだそれは?」

帰り際、健司はある勝負に出た。一世一代の告白だ。

僕は今日、しもべから王子様になってみせる!

そう決心して、出店から風呂敷を借りて首に巻き、腰におもちゃの刀を差す。手には造花の薔薇を握り締め、そして美雪の前に立ちはだかった。

「王子様です」

「王子様ぁ?　お前がぁ?」

美雪は呆《あき》れたように片眉を上げる。

健司は美雪の前で片膝をつくと、手に持った造花の薔薇を差し出した。

「姫……」

口に出してみるとなんだか急に緊張してしまう。

美雪の顔からさっきまでの呆れた表情は消えている。

健司は続きの言葉を探した。しかし途端に困ってしまった。

こんなときなんて言ったらいいんだろう？　好きです？　愛してます？

思いつくすべての言葉が恥ずかしい。だから思わず吹き出してしまった。

「ダメだ。やっぱり無理です」

美雪はやれやれと笑うと、「お前はまだまだだしもべだな」と背を向けて歩いて行った。

勝負は惨敗だった。しかし健司は首を振って立ち上がる。

いや、まだだ！　まだ諦めちゃダメだ！

だから家に帰る途中、クリーム色の電話ボックスの前で立ち止まると、

「あの！　僕の書いてる脚本だと、二人はここでくちづけをするんです！」

そう言って彼女を引き留めた。

「くちづけ？」

美雪は大きな目をぱちぱちさせる。

無理なことは重々承知だ。でも万が一、彼女が僕を受け入れてくれたら……、
くちづけできるかもしれない！

しかし美雪はじろりと白い目で健司を見る。

しもべの分際でなにを生意気なことを言っている、と言いたげな表情だ。

健司はすっかり弱気になってしまい、

「って無理ですよね？　まだ手を繋いだこともないのに」と後ろ髪を撫でた。

そんなの無理に決まってるよな。十年、いや百年早いよ。

「ごめんなさい。忘れてください」

肩を落として一人歩き出した。しかしほどなくして、
バタンと後ろで音が聞こえた。

振り返ると美雪は電話ボックスの中にいて、窓に手を付きこちらを見ている。驚く健司に微笑みかける美雪。そして、そっと目を閉じ唇を差し出した。

心臓が跳ねあがって口から出てしまいそうだ。

目を閉じてくちづけを待つ彼女の顔はいつにも増して美しい。まるで、この世界のすべての美しいものをかき集めてひとつにしたようだ。

高鳴る鼓動をぐっと押し込め、健司はごくりと生唾を飲んだ。

ガラス越しならくちづけしても構わないってことだよな？

そう思うと嬉しさで顔が緩む。口元の筋肉が壊れてしまったみたいだ。

健司は一歩一歩慎重に、美雪の元へと足を進めた。

ガラス越しに美雪の手のひらにそっと触れる。そのぬくもりは分からないけれど、そ

れでも彼女に触れているような気がして心が躍った。今までずっとスクリーンの向こうにいた彼女に、こんなに近づくことができている。そしてこれから、たとえガラス越しだとしても、僕は彼女とくちづけするんだ。

健司は静かに目を閉じ、ガラスにそっと唇を寄せた。

ガラスの感触が唇に伝わる。冷たいけどすごく幸せだ。

そのとき、ふと思った。

くちづけを交わしているとき、彼女はどんな顔をしているのだろう？

見てみたい……。そんな願望に心が支配されてしまった。だから健司はそーっと薄目を開けてみる……と、美雪は向こう側の壁に寄りかかって電話機に肘をついてこちらを見て笑っていた。

「間抜け面だな」

美雪は口元を押さえてくつくつと笑う。一杯食わされたのだ。

「ちょっとぉ！」

健司は涙目になって眉尻を下げた。

こうして、彼女との初キスは苦い思い出となった。

その日の夜、原稿にそのことを書いて、健司はがくりと肩を落とす。

王子様への道は果てしなく遠いのだ。

「──お前の作ろうとしている映画はどんな話なんだ？」

美雪に訊《たず》ねられたとき、二人は海の傍《そば》の小高い丘にいた。海が見たいという要望に応えるため、バスを乗り継いで遠いこの場所までピクニックにやってきたのだ。

「どんな話っていわれても」と健司は口をもごもごさせる。

あなたと僕の物語なんです、って言ったら彼女はどう思うだろう？

そんなもの書くんじゃないと怒るだろうか？

気持ちが悪いと罵《ののし》られるかもしれない。

彼女はレジャーシートの上に座って健司の言葉を待っている。楽しみにしているようで目がキラキラと輝いている。適当にはぐらかすことなどできそうにない。

困ったな。いや、でも──。

もしも彼女がこの物語を受け入れてくれたなら。僕らの日々を描くことを喜んでくれたなら。それ以上に嬉しいことはない。

だから健司は体育座りをしながら組んだその手に力を込めた。そしてゆっくりと、今描いている物語を話しはじめた。

「ある奥手な青年が、一人の女性に出逢うんです。でも彼女は高嶺《たかね》の花で、いつも遠くから見つめることしかできなくて。自分には到底無理だ。そう思って諦めていました。

でもある日、彼は彼女にこう言われるんです――」

健司は座り直すと、隣にいる美雪のことを愛おしく見つめた。

「今日からお前は、わたしのしもべだ……って」

「それって……」美雪が呟いた。

健司はこくりと頷く。

「僕は、あなたとのことを映画にしたいんです」

これはあなたと僕の物語なんです。

あなたと出逢えたことを、あなたと過ごす日々のことを、僕は映画にしたいんだ。

そしてたくさんの人に観てほしい。

「いいですか?」と恐る恐る訊ねた。

重なる視線が恥ずかしいのか、彼女は目を逸《そ》らしてしまった。俯《うつむ》きがちにレジャーシートを見つめる姿は、突然の愛の告白を受けた女学生のようだ。そして風に消えてしまいそうなほど小さな声でぽつりと呟いた。

「まぁ、お前がそうしたいなら……」

その言葉に笑みがこぼれる。彼女が受け入れてくれたことが嬉しい。

そして決意を新たにする。

なんとしてもこの物語を映画にしようと。

「なんか言ってて恥ずかしくなってきました。そろそろ帰りましょうか」

シートの上に広げたバスケットに食べかけのサンドウィッチや水筒をしまい込んで立ち上がろうとする——と、

「……結末は？」

その質問に健司は腰を屈《かが》めたまま視線を向けた。美雪のまなざしはいつになく真剣だ。海からの微風が長いまつげを揺らしている。不安そうで、それでいて少しだけ悲しみが滲《にじ》んでいるような表情。動揺してしまった。

「その話、最後はどんな結末なんだ？」

健司は膝を付いてまた座ると、静かに頭を振った。

「……ごめんなさい。まだ決められてなくて」

その言葉は嘘《うそ》ではない。自分自身、未《いま》だに結末を決められずにいる。それを書いてしまうと二人の恋が終わってしまいそうな気がしたからだ。幸せな結末を描いても、その通りになるとは限らない。しかしそれで二人の未来が決まってしまうような気がして、目の前から彼女がいなくなってしまうような予感がして、どうしても結末を決められずにいた。

美雪は「そうか」と囁《ささや》いた。納得していないように見える。しかしそれ以上追及することはなく、静かに立ち上がって行ってしまった。

青い空の下、歩いてゆく白いブラウスを纏った彼女は、風が吹けば消えてしまいそうなほど儚《はかな》げに見えた。

さっきの言葉が風に吹かれる草花のように脳裏で揺れる。

僕らの恋の結末は、一体どうなるのだろう……。

いつかこの日々にも終わりが来るのだろうか？

そのことを思うと堪《たま》らなくなる。

ずっとこの瞬間が続けばいいのに。

彼女の後を追いかけながら、健司は思った。

彼女はどうなんだろう？

僕とずっと一緒にいたいと、そう思ってくれているのだろうか？

美雪の心が見えなくて、気持ちが分からなくて、言いようのない不安が胸を覆う。

前を歩く彼女は今、どんな表情をしているのだろう？

なにを思っているのだろう？

この日、初めて彼女との日々の終わりを真剣に意識した。

でも今はまだ、その結末がどうなるかなんて、想像はできなかったけれど。

＊

青空の見え方が少しずつ変わりはじめていた。

この世界に初めてやって来たとき、空は美しさの象徴のように思った。どこまでも続く青という色。その中を泳ぐ綿のような雲たち。太陽を見上げると目が痛くなって、日によって濃淡の違う空の青さに何度も何度も心奪われた。

「綺麗《きれい》な空ですぞ！」

あちら側の世界で狸吉が空を見上げて言っていた。あの頃はよく分からなかったけれど、でも今、ようやくその意味が分かった気がする。青空は息が止まるほど綺麗で、見上げると「本物の世界にやって来たんだ」と実感することができる。色のある世界の一部になれたような気がして、それがただひたすらに嬉しかった。

部屋の真ん中のちゃぶ台に片腕を乗せ、窓の向こうの空を見ていた美雪はふっと吐息を漏らして視線を下げた。

でも、この世界での生活もひと月が経《た》ち、だんだんと色というものに見慣れていった。もちろんまだまだ見たことのないものはたくさんある。目にすると心躍るものもたくさんある。しかし、美しい色を目にするたびに思うようになっていた。

わたしの身体には、どうして色がないのだろう……と。

見渡せばありとあらゆるものに色がある。道端の花にも、居眠りする猫にも、道を行く人々の頬や腕にも、色は当たり前に存在する。

でもわたしには……。

毎晩化粧を落として眠るとき、自分の肌を見てため息が漏れる。

白黒の肌。モノクロ。灰色ともいうらしい。

実に味気なくて、実に不気味な色をしている。いや、これを色と呼んでいいのだろうか？　わたしは神様に色を与えてはもらえなかった。色とは言えぬ無様な姿だ。

あちら側の世界にいるときは皆が同じ姿をしていた。だからそんなこと考えたこともなかった。でもこの世界の暮らしに馴染《なじ》む中で痛切に感じるようになった。

わたしには、皆が当たり前に持っている色がないんだ……。

だから今は空を見上げると苦しくて胸が詰まる。「お前はこの世界の人間ではない」と青々とした空に告げられているような気がして。

しもべが仕事に出かけると、いつも外の景色を眺めながらそんなことを考えていた。奴《やつ》との約束で一人では出かけないことにしている。だからその分、考える時間が増えた。自分自身の存在のことを──。

ガタンと音を立て、ちゃぶ台の上のコップが倒れた。ついぼんやりして取り損ねてしまった。

透明な水が茶色い台の上に広がって、美雪の大切なお守りを濡らす。畳の上に置いてあった手拭いを取って、慌ててオカリナに付いた水を拭う。と、美雪はその手を止めた。指先のドーランが落ちている。オカリナを拭いた拍子に取れたようだ。灰色で無機質な指先が露《あら》わになっている。それを見て胸が苦しくなった。

やっぱりわたしは普通の人間とは違うんだな……。

窓の外で「ごめんください」と女性の声が聞こえた。しかし健司は仕事中だ。「人が来ても出ないでくださいね」と念を押されている。だから無視をしていたが、女はもう一度「ごめんください」と呼びかけてきた。窓が開いているから中に人がいると思っているのだろうか。

身を屈めながら窓辺に近寄り、そっと下を覗《のぞ》いてみた。

そこには日傘を差した女性がいた。シックな色の服に身を包んだ若くて美しい女だ。その顔には緊張が窺《うかが》える。頰を赤くして、唇をきゅっと結んでこちらを見上げている。見覚えがある。確かしもべの仕事場を見物しに行ったときに見かけた女だ。奴は「塔子さん」と呼んでいた。ということは、やはりしもべに用があるのだろう。

塔子に帰る気配はない。だから美雪は立ち上がり窓から下を覗き「すまないが、奴は仕事でいないんだ」と声をかけた。しかし彼女は無言で首を横に振る。カールのかかった毛先が小さく揺れた。それから緊張した声で、塔子は美雪にこう言った。

「あなたに用があって来ました」

わたしに？　美雪は眉間に皺《しわ》を寄せた。

「――牧野さんとお付き合いされているんですか」

近所の喫茶店に入ると、塔子はまだ注文の品が届く前に出し抜けに訊ねてきた。

突然のことに美雪は戸惑ってしまう。他に客のいない店内に、しん、と沈黙が流れる。

塔子は我に返ったのか、艶のある髪の毛をそっと耳にかけて「不躾《ぶしつけ》にごめんなさい」と小さく頭を下げた。

「実は前にお見かけしたんです。あなたが牧野さんと歩いているところを」

「歩いているところを？」

「確か、かき氷を一緒に食べていらっしゃって」

ああ、あのときか。以前、しもべに「甘いものを食べたい」とねだったときに連れて行ってもらった。

「それで親しそうだなぁって気になって」

塔子は使い込まれた木製のテーブルの縁に両手の指を組んで乗せた。緊張からか、指が落ち着きなく動いている。指同士をこすり合わせるようにもぞもぞさせていた。しかしいくらこすり合わせても指の色が落ちることはない。

「恋人なのかなって、そう思って……」

「恋人？　そんなわけあるはずないだろ」美雪は笑って答えた。

「本当ですか」

塔子は身を乗り出すようにして美雪の顔を覗き込む。その表情を見て分かった。

この女はしもべのことが好きなのだ。

塔子の指がまた目に入った。ほっそりと形のよい長い指に、光沢を帯びた爪、浮き出た血管になんともいえぬ人間らしさを感じる。

それに引き換え――。

美雪はテーブルの下の自身の指に目をやった。急いでいたからドーランを塗ることができず、白いレースの手袋で隠した白黒の指。目の前にある本物の色を纏った塔子の指とは大違いだ。

塔子が、どうしました？　といぶかしげな視線を送った。美雪は背筋を伸ばすと、「わたしたちは遠い親類で、こちらに来ることがあったからたまたま世話になっているだけだ」と答えた。

「そうだったんですね」彼女は安堵《あんど》の笑みを浮かべて椅子に寄りかかった。桃色の唇の隙間から白い歯がこぼれた。

「わたし心配だったんです。もしお二人がお付き合いされてたらどうしようって……」

なんと答えていいか分からず美雪は目を伏せた。そしてもう一度スカートの上に置いた自身の指を見つめた。色のないその指先を。

「わたしこういうのダメなんです。恋愛とかそういうの本当に自信なくて」塔子はそう言って美しい指で髪の毛を解いた。

コーヒーがふたつ届くと、そこで会話も途絶えてしまった。無言で二人コーヒーをすする。外の景色を眺めて、それから店内の装飾に目を向けた。どこもかしこも色に溢《あふ》れている。古びた壁にも、窓外の街路樹にも、コーヒーにだって黒という色がある。それらには自然な美しさを感じる。神様が与えた天然の色だ。

でも、わたしには……。美雪は両手をきゅっと握って指先を隠した。

それからしばらくして「仕事に戻らなきゃ」と塔子は立ち上がった。突然訪ねたことを何度も謝り、会計も済ませてくれた。去り際に見せた笑顔は柔らかかった。

一人残された美雪は椅子にもたれてしばらくぼんやりとした。

気が付くと、色のない指先ばかりを眺めている。

あのとき、なんでわたしはあんなことを訊ねたのだろう。

——その話、最後はどんな結末なんだ?

きっと映画の結末に救われたかったのかもしれない。でも現実は変わらない。あいつがいくら幸せな結末を描こうとも、わたしたちの結末なんてもう決まっているんだ。決して幸せにはなれない結末なんだ……。

夜になると日中の暖かさが嘘のように気温がぐっと下がった。虫の音も聞こえない静かな夜。辺りは風の音が響くだけで、ひどく寂しげだ。

部屋の窓から空を見上げると大きな月が浮かんでいた。もっとよく見たいと思って椅子を手にベランダに出た。北に面したベランダからは月がとても綺麗に見える。白く輝く月の周りには光の輪があって、それはかつて健司と見上げたあの虹を思い出させた。幸運の象徴と呼ばれる虹。いつか空に二つの虹が架かったら、そのときは二人でお守りを見つけた場所で一緒に見ようと約束した。隣に立つ健司は目を細めて笑っていた。優しくて、温かい笑顔だった。

その姿を思い出すと胸がじんわりと痛くなる。

健司の屈託ない笑みを瞼《まぶた》に浮かべながら美雪は思った。

早く言わなきゃな……。

膝の上の指に目をやった。

わたしにはまだ奴に言っていないことがある。ずっとずっと言うべきだと思っていた。でも、あいつの顔を見たらどうしても言葉が出なくなってしまう。臆病になってしまう。告げたときのあいつの顔を想像したら、どうしようもなく勇気が奪われてしまうんだ。

「――なにしてるんですか？」

その声に顔を上げた。ベランダの下の砂利道に健司の姿があった。彼は被《かぶ》っていたハンチング帽を手に持って、こちらを見上げて首を傾《かし》げている。

薄く微笑みかけると、彼も笑ってくれた。あどけない少年のような表情に、美雪の胸はより一層苦しくなった。

「お前の帰りを待ってたんだ」

「え？」

「結果はどうだったんだ？」

「ああ、脚本ですか？」

今日、健司は映画の脚本を提出した。朝まで寝ずに必死に書いていた原稿を抱えて緊張した様子で家を出て行ったから、その結果がずっと気になっていた。

「今日の今日じゃ結果はまだ出ませんよ」と健司が笑う。「あ、もしかして心配して待っててくれたんですか？」

「そんなわけないだろ」

からかうように彼は言ったが、図星だったので目を背けてしまった。心の中を見透かされたようで恥ずかしい。

健司に呼ばれて視線を戻すと、彼はいつになく緊張した表情をしていた。

「あの！　もし良い結果が出たら！　そのときは、僕と……」

そこまで言って言葉を飲み込んだ。

続きを待ったが、彼は首を横に振って「また今度ちゃんと言いますね」と苦笑いを浮かべてやめてしまった。

なにも言わずに頷いた。彼は歩き出して階段を上る。もうすぐ部屋に入ってくる。笑おう……。そう思って笑顔を作ろうとした。しかし、どうしても笑えなかった。

さっきの言葉の続きが気になった。もしかしたら愛の告白をしてくれるのかと一瞬だけ期待した自分がいた。

もしそうだったとしたら、果たしてなんと答えていただろう？

分からない。分からないけど、きっと嬉しかったはずだ。すごくすごく。

だから彼が言葉を飲み込んでしまったことが寂しい。だけど、それ以上に安堵している自分がいる。

ずっと黙っているあのことを告げる勇気は、今の自分にはまだないのだから……。

＊

「——牧野さん！」

ある日の仕事中、スタジオで次の撮影シーンのカット割りの打ち合わせをしていた健司は、塔子の大声にびっくりして振り返った。入口に立っている彼女は肩で息をしている。大慌てでここまで走って来たようだ。スタッフたちは慌てた彼女を見て怪訝《けげん》な表情を浮かべた。

どうしたんだろう？　と小首を傾げていると、塔子はこちらに駆け寄って来た。

「おめでとうございます！」

そう言って満面の笑みを浮かべた。

「父が牧野さんの脚本すごく気に入って！　撮影の準備を進めていいって！」

健司は信じられずにあんぐりと口を開いた。

「本当ですか!?」

塔子はこくりと頷いてみせる。

しかしまだ信じられない。これは夢なんじゃないのか？　頬でもつねりたい気分だ。

塔子の後ろからやって来た清水が「これでお前も監督デビューか」と笑って健司の背中を思いっきり叩いた。その痛みで夢じゃないことが分かった。

健司の瞳にじんわりと涙が浮かぶ。やったぁ……と嚙《か》みしめるように拳を握ると、全身に鳥肌が立った。

ついに夢が叶うんだ……。健司はぎゅっと目を閉じた。

「あ、父からひとつ注文が」塔子が申し訳なそうに眉尻を下げた。「結末だけはもう一考してほしいって……」

やっぱり結末にダメを出されたか。自分自身これだという確信を抱けぬまま結末を書いてしまったから、ある程度覚悟していた。だけど社長は撮影の許可をくれた。これ以上に嬉しいことはない。

だから健司は「分かりました！　書き直します！」と笑顔で頷いた。

「でもすごく気に入ってたんですよ！　わたしも早く読まなくっちゃ」

スタッフたちが次々と「やるじゃねぇか！」「すごいな牧野！」と頭を叩いたり尻を蹴って手荒い祝福をくれる。健司は「ありがとうございます！」と何度も頭を下げて礼を言った。

スタジオの隅にいた伸太郎が目に映った。悔しさを噛みしめるようにして俯いている。

健司は帽子を直しながら笑顔を胸の中にしまった。

伸太郎の気持ちを考えずに浮かれてしまった……。

苦楽を共にしてきた同期に先を越されるのは悔しいに決まっている。こんな大きなチャンスは滅多にないんだ。きっと伸太郎だって寝ずに脚本を書いていたに違いない。

伸太郎がこちらに向かって歩いて来る。掛ける言葉を探したけれど、なんと言っていいか分からない。文句のひとつも言われるかもしれない、健司は覚悟した。

しかし、伸太郎は右手を差し出すと、

「つまんねー作品だったら承知しねぇからな」

そう言って微笑みかけてくれた。その言葉は誰の祝福よりも嬉しかった。ずっと一緒に頑張ってきた無二の親友の祝福。熱いものが胸にこみ上げた。

「ああ……」

伸太郎の手をがっちり握り返した。そして誓った。

これは僕と彼女の物語だけど、たくさんの人の応援や期待の上に成り立っているんだ。塔子さんや清水さん、スタッフのみんな、本多さん、そして伸太郎の。

だから、なんとしてでも良い作品にしなくては。


仕事を終えると大急ぎで自宅へ走った。

一刻も早く彼女に教えたかった。喜んでくれるだろうか？　いや、喜んでくれるに決まっている。だって僕と彼女のことを映画にできるのだから。

健司は夕日に急かされるように走り出した。どうしても夜になる前に自宅に帰りたい。美雪のために密かな計画を練っていた。

監督デビューの報告と、それともうひとつ、とっておきの告白をしようと思った。前にベランダ越しに言えなかった言葉だ。今日こそは言えそうな気がする。

夜の帳《とばり》が下りる頃に家にたどり着くと、彼女はエレガントな濃紺のブラウスを纏って窓辺に座って外の景色を眺めていた。「出かけましょう！」と声をかけると、「お前から言い出すなんて珍しいな」とくすりと微笑んでくれた。

美雪を連れて町の外れにある山のふもとの森までやって来た。

到着した頃には辺りは深い闇に包まれて、月明かりだけを頼りに健司は森の奥を目指した。後ろを付いて来る美雪は「どこに行くんだ？」と怪訝そう。健司は「いいから」と手招きして茂みの中へと更に進んで行った。

しばらくすると小川に出た。

健司は「ここです！」と両手を広げてみせる。

「ここが僕のとっておきの場所です」

「ただの川じゃないか？」

美雪は不思議そうに目をしばたたかせる。

彼女が言う通り、そこはなんの変哲もない小川だ。苔《こけ》を纏った岩がそこかしこに転がっていて、静かに流れる川の音が辺りに木霊《こだま》している。少し森の奥まで行けばどこにでもあるようなありふれた小川だ。

健司は「見ててください」と人差し指を立てて、静かにするよう促した。

やがて緑色の頼りない光が弧を描いて宙を漂いはじめた。

蛍だ――。

美雪はその淡い緑の輝きに言葉を失くしている。

健司は満足して微笑んだ。

よかった、喜んでくれて。狙い通りだ。

蛍は少しずつその数を増やしてゆく。辺りは優しい緑色の光に溢れ、月光と、そしてそれを反射させる川面《かわも》の輝きが相まって、得も言われぬ幻想的な景色に変わった。

美雪は言葉も忘れて目の前の光景に見惚れている。その頬が淡く緑色に染まる。

彼女の隣に立って微笑みを浮かべた。そして、

「もっと見せてあげますね」

美雪がこちらに顔を向ける。

「この世界の綺麗なものを。あなたと見たい景色がまだまだたくさんあるんです。だから――」

健司は美雪に向き直る。そして、少し震えた声で言った。

「ずっと僕の隣にいてくれますか?」

彼女はそれがプロポーズだと分かったのだろう。驚いて目を開いている。しかし、ふっと表情が曇る。そして視線を小川の方へと逸らした。

美雪の横顔に不安が押し寄せてきた。だから健司は訊ねた。

「……迷惑ですか？」

彼女は無言のまま首を横に振った。

安堵の笑みを浮かべて「よかった！」と言いながら、ベストのポケットに手を突っ込んだ。「渡したい物があるんです！　似合うといいんですけど」

なかなか取り出せなくて手間取ってしまう。こんなとき段取りの悪い自分が嫌になる。

「……でも無理だ」

美雪の言葉に手を止めた。視線を戻すと、彼女は首を垂らしている。思いつめた表情に再び不安が忍び寄ってきた。

「どうして？」と恐る恐る訊ねたが、美雪はなにも言ってくれない。嫌な予感が全身の体温を奪う。指先が微《かす》かに震えていた。

僕と一緒にはいられないと言った。

でも、さっきは迷惑じゃないと言ってくれた。

じゃあまさか……。

「まさか、元の世界に戻らないといけないとか？」

いつも心のどこかで思っていた。彼女は退屈だからこの世界にやって来た。だったらいつかは帰ってしまうのではないかって。でも怖くて訊《き》くことができなかった。もしも彼女が頷いてしまったら。そう思うと、どうしても訊ねられなかった。

美雪は首を横に振った。帰ってしまうわけではないらしい。安堵が胸に広がる。しかし疑問はしこりのように心の中に残っていた。

「じゃあどうして？」

美雪は小さく呼吸をすると、決意したように健司を見た。

「触れられないんだ」

「え？」

「わたしは、お前に触れることができない……」

言葉の意味が分からなかった。

僕に触れられない？

戸惑いながら「どういうことですか？」と訊ねた。

「この世界に来る代償だ」

「代償？」

「わたしは、人のぬくもりに触れたら消えてしまう」

なにかの悪い冗談かと思った。彼女はいつも僕を困らせる。だからこれも――。

しかし、美雪は目にじんわりと涙を浮かべている。その表情に嘘は感じられない。

じゃあ本当に？

本当に、触れたら消えてしまうのか……？

それは映画の中から飛び出してきた彼女が背負った宿命なのかもしれない。異なる世界からやって来た人は、この世界の人間とは交じり合えないいんだ。

「もっと早く言えばよかったな。黙っててすまなかった。そういうことだから、お前の隣にずっといることはできないと思う」

明るくそう言うと、しゃがみ込んで苔の上で休んでいる蛍を覗き込む。そして話を逸らすように「この緑色に光る生き物はなんていうんだ？」といつもの調子で訊ねてきた。

しかし答えることができなかった。考えがまとまらなくて、気持ちの整理がつかなくて、言葉がどうしても喉の奥から出てこなかった。

彼女はしばらくこちらを見ていたが、俯く健司を見て、気まずそうに視線を逸らした。沈黙が訪れ、川のせせらぎだけが耳に響く。

どうしても分からなかった。人のぬくもりに触れたら消えてしまうのに、どうして彼女はこの世界に来たりしたんだ？　そんな危険を冒してまで。

健司は顔を上げると、彼女に訊ねた。

「どうしてですか？　どうしてそんな危険を冒してまでこの世界に？」

美雪は立ち上がると腰に手を当て、やれやれといった表情で笑った。

「前にも言ったろ？　あっちの世界が退屈だから来たんだ。しもべは物覚えが悪いなあ」

嘘だ。顔を見れば分かる。彼女は嘘が苦手だ。正直な人だ。だからきっと他に理由があるはずだ。

「本当はなにか理由があったんじゃないんですか?」

だってそうだろ。消えてしまうんだぞ? それは彼女にとって死を意味する。退屈しのぎなんて理由でこの世界に来るわけがない。

美雪は表情を曇らせた。なんとも悲しげな顔だ。見ていると胸が苦しくなるほどに。

そして顔を上げ、健司を見つめて呟くようにこう言った。

「……逢いたかったんだ」

その瞳は涙で潤《うる》んでいた。

「お前に逢いたかったから……」

蛍の光が彼女の涙を淡い緑色に染めてゆく。

その切なげな顔を見て、心が潰れてしまうくらい痛くなった。でもなにも言えなかった。ただ黙って彼女の涙を見つめるしかなかった。

「昔はたくさんの人がわたしのことを観てくれた。でも一人いなくなり、二人いなくなり、結局そのうち誰もいなくなってしまった。仕方のないことだと分かっていた。それがわたしの宿命だということも。でも——」

美雪は声を震わせた。

「でも怖かったんだ。このまま皆の記憶から消えていくことが……」

怖い……。彼女の口から出た初めての弱さだ。

忘れられてゆく悲しみに怯《おび》えていた彼女。

その悲しみを思うと目の奥が熱くなった。

「そんなとき、お前はわたしを見つけてくれた」

健司は思い出していた。初めてあの映画を手にした日のことを。

埃まみれで長い間忘れられていたフィルム。映写機に掛けると、息を吹き返したように鮮やかな光がスクリーンに伸びて、そこに美しい笑顔が咲いた。本当に嬉しそうな笑顔だった。

「こんなわたしでも、まだ誰かを喜ばせることができる。そう思うと、嬉しくてたまらなかった……」

あのとき、彼女は心から喜んでいたんだ。もう一度誰かに観てもらえたことを。

誰かの心に残り続けたいと、忘れられたくないと、ずっとずっと願っていたんだ……。

雨が降り出した。静かに、音もなく。まるで美雪の悲しみを表すように。

「ずっとあの日々が続いてほしかった。でも、もうすぐお前に逢えなくなると知って一目逢いたくなってしまったんだ。逢って、最後に言いたかった。見つけてくれてありがとうって……」

美雪の目から一筋の涙がこぼれた。頬を伝う透明な涙。初めて見た美雪の涙だ。

健司は首を振った。

「いりませんよ、そんな言葉。僕はこれからも――」

「無理だ」

言葉は遮られてしまった。

「だって、わたしたちは触れ合うことができないんだ。それに――」

美雪は雨に濡れた手で顔を拭った。肌を包んでいた化粧が落ちる。そして本当の肌が現れた。健司とは異なる白黒の素肌が。

「わたしには色がないんだ。だからお前と生きることなんてできやしない……」

その言葉で、色のない素肌を見て、健司は思った。

僕らは生きる世界が違うんだ……。

彼女は映画の中の存在で、僕はこの現実世界に生きている存在。

住む世界が違うから触れ合うこともできなければ、同じ色を纏うこともできない。

決して結ばれない定めなんだ。

手を伸ばせば触れられる距離にいるのに、こんなにも近くにいるのに、彼女は遠くて、とても儚い。決して触れることのできない人だ……。

「そろそろ帰るぞ、しもべ」

美雪は踵《きびす》を返して去って行った。
呼び止めようとしたが声が出なかった。
こんなとき、なんて声をかけてあげればいいか分からない。
すべての言葉は無意味のように思える。
その背中を見つめながら、あの日の言葉が胸を過《よぎ》る。
――最後はどんな結末なんだ。
僕らの恋の結末は、一体どうなるんだろう……。
いくら考えても答えなんて見つからなかった。

第三章

美雪の告白を聞いてからというもの、健司は彼女の存在をどう扱えばいいか分からず戸惑っていた。一方の美雪はいつも通りの様子だ。今日も朝からわがままを言ってあれこれ命令してきた。これまではその命令を笑顔で聞くことができたけれど、今はなぜだか上手く笑えない。

触れたら消えてしまう……。

そう思うと、すごく儚《はかな》い存在に思えた。

彼女はまるで雪のようだ。

手のひらに落ちたら、そのぬくもりで消えてしまう儚い雪なのだ。

きっとこの世界に来てからずっと、誰にも触れないように注意していたのだろう。

健司は今までの美雪の行動を思い返した。

初めて出逢《であ》ったとき、彼女はラムネの瓶で頭を叩《たた》いてきた。あのとき僕は彼女に触れようとした。劇場のロビーで「あなたのことずっと観《み》てました！」と駆け寄ったときもそうだ。警官が手を伸ばして上着を剝《は》ぎ取ろうとしたときも、俊藤さんが抱き寄せようとしたときも。彼女はいつも触れられないように自分自身のことを守っていたんだ。だからあんな暴力を。

——お前に逢いたかったから……。

彼女が危険を冒した理由は僕だった。フィルムが売られることを知り、僕に逢えなくなってしまうと危険を承知でこの世界に飛び出してきてくれた。たった一目だけでも逢いたいと願って。嬉《うれ》しい。すごく嬉しい。ずっと想《おも》い続けていた彼女が、スクリーンの向こう側で同じように想っていてくれたことが。まるで奇跡のようなのに、それなのに、でもどうしても素直に喜べない自分がいる。

同じ部屋の中にいても、彼女の告白を聞いたあとでは、傍《そば》に近づくことができない。ふとした瞬間、彼女が迫ってくると思わず後ずさってしまう。

もし触れてしまったら——。そう思うと怖くて身体が強張《こわば》ってしまうんだ。

だからあれ以来、彼女にどう向き合えばいいか分からないでいた。

「おい健司、シナリオの結末どうなってる？」

助監督部屋の机で一人ぼんやりしていると、清水に声をかけられた。

蛍を見てから三日が経《た》っていた。

採用された健司の脚本は、今携わっている『怪奇！　妖怪とハンサムガイ』の撮影が終わったらすぐ準備に取り掛かる予定になっている。そのためには結末まできちんと書き上げていなければならない。しかしどうしても結末を決められずにいる。どんな結末を思い描いても、なんだかすべて嘘《うそ》のように思えてしまう。自分の恋の結末すら見つけることができないのだから。

原稿が手つかずであると告げると大目玉を食らってしまった。せっかく採用されたんだから手を抜くんじゃないと清水に叱責された。確かにその通りだ。こんな大きなチャンスをもらったのに、それを棒に振るつもりか？　不甲斐《ふがい》ない自分に嫌気が差す。

「早くしろよ？　ハッピーエンドで頼むぞ」

そう言い残して清水は助監督部屋から出て行った。

ハッピーエンドか。

果たして僕らにハッピーエンドなんてくるのだろうか？

触れ合うことのできない僕らなんかに。

昼休み。健司はスタジオの隅で箱馬に座って背中を丸めていた。傍らには配られた弁当が手つかずのまま置いてある。食欲なんてまるでない。ため息がひたすらに漏れた。ついこの間までなにもかも上手くいきかけていた。仕事も恋も夢も、なにもかも。

でもそのすべてが一気に崩れてしまった。

彼女の告白を聞いたあの日から。

健司はハンチング帽を取って頭を何度か叩いた。しっかりしろ、と自分に喝を入れる。

「お弁当、食べないんですか？」

塔子の声がしたので顔を上げた。スタジオの入口に立つ塔子はノースリーブのワンピース姿で、そこには健康的な肩が覗《のぞ》いている。健司はぼんやりとその肌の色を見つめた。

「どうしたんですか？」塔子が小首を傾《かし》げる。

我に返り慌てて視線を逸《そ》らすと、

「いや、あんまりお腹《なか》減ってなくて」と誤魔化した。

「なにかあったんですか？」

塔子は健司の隣に置いてあった木箱に腰を下ろし、心配そうに顔を覗き込んできた。うっすらと紅潮した頰《ほお》。桃色の唇。なにもかもが本物の色に包まれている。

「いえ、別になにも」

塔子さんはきっと、ここのところ覇気《はき》のない僕を心配してくれているんだ。それでわざわざ様子を見に……。

「もう、ダメですよ。元気出さなきゃ」

そう言って塔子は膝の上に載せていたハンドバッグから長方形の紙を二枚出した。昨日封切されたばかりの話題の恋愛映画の切符だ。

「よかったら今夜、気分転換しに行きませんか」

突然の誘いにびっくりして「え？」と目を丸くした。

「いいですけど」と戸惑いながら頷《うなず》くと、塔子は顔をほころばせて「じゃあ仕事終わりに門のところで」と弾んだ声でそう言って出て行った。

彼女が去ってからすぐに後悔した。

今は恋愛映画なんて観るような気分じゃないのに。


夕方、仕事を終えると門の前で塔子と待ち合わせをしてロマンス劇場に向かった。

こんな風に出かけるのは初めてで、なんだか妙な気分だ。会話はいつもよりどこかたどたどしかった。彼女は緊張しているのか口数がとても少ない。それでも一生懸命会話の糸口を探そうと、健司の趣味や、休日の過ごし方なんかを訊《たず》ねてくれる。額にうっすらと汗を浮かべながら会話のキャッチボールを続けようと頑張る姿はなんだかとても可《か》愛《わい》らしかった。

封切されたばかりということもあって劇場内は混んでいた。恋愛映画だからか女性客が目立つ。着いたときにはもう席はかなり埋まっていた。

左隅の席を確保すると、塔子がラムネを二本買ってきてくれた。こちらに向けてにっこり微笑《ほほえ》む彼女に薄く笑い返す。しかしあんまり上手く笑えなかった。心に棘《とげ》のように刺さっている罪悪感があるからだ。今こうしている間も、一人部屋で待っている美雪を思うと、こんなところにいていいのだろうかと思ってしまう。

映画はなかなか素晴らしかった。アメリカのカラー映画。人気俳優と女優が織りなす悲恋の物語だ。運命に翻弄される二人の恋のすれ違いに、劇場にいる誰もが感涙していた。隣の塔子もご多分に漏れずハンカチで涙を拭っている。しかし健司は泣くことはできなかった。映画を観ている間もずっと美雪のことを考えていたから。

運命に翻弄される二人か……。僕らもそうなのかもしれないな。触れられないという運命が僕たち二人の前には横たわっている。その大きな障害を前に、僕はそれを乗り越える勇気も自信もないままだ。

映画が終わりロビーに出ると、塔子が「楽しかった」と潑剌《はつらつ》と言った。

「わたし最後のシーンで泣いちゃいましたよ」

と、感想を言いながら子供のようにはしゃいでいる。作り笑顔で頷いたが、なんだか耐えられなくなって「そろそろ帰りましょうか」と出口へ向かう――と、

「牧野さん」

振り返ると、塔子は立ち止まってこちらをじっと見つめていた。赤らんだ頬。なにかを言いたそうに唇が微《かす》かに動いている。

「時々でいいので、また観に来ませんか？」

「え？　あ、はい」

断る理由もなかったので頷くと、塔子は嬉しそうに目を細めて笑った。

「やった」

健司は曖昧に笑って踵《きびす》を返して出口へ向かった。

「家まで送りましょうか」

劇場の外に出てそう訊ねると、「すぐそこからバスに乗るので」と彼女は言った。少し安堵《あんど》した。早く一人になりたい気分だった。

バス停にバスが来ると、彼女は健司が立っているすぐ傍の窓際の座席に腰を下ろした。そしてバスが走り出すまで手を振ってくれていた。楽しかったと、その笑顔が語っている。健司も笑顔でそれに応えた。

やがてバスが走り出すと作った笑みは風と共に消え、健司はモスグリーンの上着のポケットに両手を突っ込んで家に向かって歩き出した。

湿気の多い夜だった。纏《まと》わりつく熱気が気持ち悪い。気分が更に滅入《めい》った。

この角を曲がると家だ。

深呼吸をひとつする。いつも通りに笑うんだ。そう思いながら角を曲がったが、健司は驚きで目を開く。

階段の下で蹲《うずくま》っている美雪の姿を見つけたのだ。「どうしたんですか」と慌てて駆け寄ると、美雪は「足を滑らせただけだ」と言った。どうやら健司の帰りが遅いから心配になって探しに出かけようとしたらしい。

立ち上がろうとすると足が痛んだのだろう、顔を歪《ゆが》めてくるぶしを押さえた。

「大丈夫ですか」と手を差し出すが、手を咄嗟《とっさ》に引っ込める。

触れたら消えてしまう。

その思いが身体を動かなくさせた。

「すみません」

「どうして謝るんだ?」

不機嫌そうに美雪が訊《き》く。

確かにそうだ。無意識に謝ってしまった。

視線を逸らす健司を見つめ、美雪はゆっくり立ち上がる。

「大丈夫ですか?」

「ああ」と短くそう答えると、美雪は階段の錆《さ》びた手すりを支えに一歩一歩上って行った。その後ろ姿を見つめながら、健司は手を貸すことも、声をかけることもできないでいた。そんな自分が歯がゆい。触れられない彼女に、どう接すればいいか分からずにいる自分が。

＊

健司の態度がおかしいことは美雪自身も気付いていた。

あの告白の日以来、彼はこちらをまっすぐ見ようとしない。苦笑いを浮かべながら視線を逸らすたび、近づくと慌てて後ずさるたび、美雪はやりきれない気持ちになる。

前はどこに行くにも健司は隣を歩いていてくれた。手を繋《つな》ごうと必死になってくれた。でも、そのたびに身を躱《かわ》してしまった。本当はあのとき彼に触れたかった。健司のぬくもりを感じてみたかった。しかし自分にはできない。だって、それは彼との別れを意味しているのだから。

そして今、健司は触れられないという秘密を知って苦悩している。

仕方のないことだと思う。触れずに生きていくことなんて、きっとできやしないのだから。もしかしたら彼もそう思っているのかもしれない。

しかし微かな希望を消せずにいる。

もしかしたらあいつなら。

あいつなら、それでも好きだと言ってくれるんじゃないか。

たとえ触れられなかったとしても……。

窓から吹き込んだ風が頬を撫《な》でる。今日の風はとても優しい。心地よい風だ。沈んだこの気持ちを慰めてくれているようだ。

背後でガタン、という音がした。

顔を向けると、健司がいつも着ているベストが床に落ちていた。風で鴨居《かもい》に引っ掛けてあったハンガーから落ちたようだ。

美雪はベストを拾い上げてハンガーに戻す——と、その手が止まった。

ベストのポケットになにかが入っている。引っ張り出してみると、それは手のひらに載るくらいの小さな白い箱だった。

なんだろう？　怪訝《けげん》に思いながら中を開くと、そこには赤い石の付いた指輪が入っていた。

あの日の健司の言葉が蘇《よみがえ》った。

——よかった！　渡したい物があるんです！　似合うといいんですけど。

あのとき、しもべはこれを渡そうとしてくれたんだ。

——あなたと見たい景色がまだまだたくさんあるんです。

そう言ってくれた笑顔が揺れると、瞳がじんわりと熱くなった。

あいつはわたしにずっと隣にいてほしいと願って、この指輪を用意してくれたんだ。

涙が込み上げ視界が滲《にじ》む。

指輪を手のひらに載せて見つめると、嬉しくて笑みがこぼれた。

わたしもあいつと一緒にいたい……。

触れることはできないけれど、それでも一緒に生きていきたい。

健司と一緒にたくさんの景色を見たい。

そう思った途端、どうしようもなく逢いたくなった。

気付くと駆け出していた。ヒールを履いて、木戸を開け、ロングスカートを揺らしながら階段を駆け下りる。

町には人が溢《あふ》れていた。買い物をする主婦たち。仕事中の背広姿の男性たち。美雪はその人々を見て足を止める。そして裏道を選んで人に触れないように京映撮影所を目指した。

こんなとき、まっすぐ目的の場所を目指せないことが悔しい。

早く逢いたい。逢って健司に伝えたい。

これからもずっとずっとお前の隣にいたいんだと。


息を切らしてたどり着いた撮影所。

美雪は手の中の指輪をもう一度見つめた。太陽の光を吸って赤く輝く石。その石が勇気をくれる。きっと幸せになれると、そう言ってくれている気がした。

だから意を決して門をくぐった。

前に一度来たとき通った道を歩きながら健司の姿を探す。同じようなハンチング帽を被《かぶ》った青年はたくさんいる。しかし健司の姿はなかった。

スタジオの中を覗き、撮影中の現場に、小道具を運ぶ人の中に、健司がいないか目を皿にして探し回った。

「塔子さんと映画に行った!?」

聞き覚えのある声がして足を止めた。

見ると、健司と友人の男の姿がそこにあった。確か名前を伸太郎といった。

二人はスタジオの裏手で、建物を背にして段差に腰を下ろしている。背中を丸めた健司に伸太郎がずいっと迫った。

「お前から誘ったのかよ」

「いや、彼女からだけど」

美雪は駆け寄り、健司の名前を呼ぼうとした。

「お前にはこの間のべっぴんさんがいるだろ!?」

足を止めた。その横顔を見て動けなくなってしまった。なんとも憔悴《しょうすい》しきった悲しげな横顔だ。

美雪はスタジオの壁に身を隠し、そこから二人の様子を窺《うかが》った。

「どうした？　なんかあったのかよ」と伸太郎が首を傾げる。

「実はさ、プロポーズしたんだ。彼女に」

「お前まさか結婚すんのか!?」

健司は首を横に振った。

「断られたよ」

「じゃあお前、塔子さんと付き合うのかよ？」

「そんなつもりないよ」

「でもお前、塔子さんは社長の一人娘だぜ。恥かかせたらうちの会社じゃ一生監督になれねぇぞ？　今回の企画もボツだし、監督になる機会だって二度と回ってこないに決まってるって」

健司は思いつめた表情を浮かべた。見ているだけで辛《つら》くなる。

「でも塔子さんと結婚すりゃ看板監督の道が開けるかもしれない。だったら誰でも塔子さんを選ぶって。もしお前にその気がないなら俺が」

「なぁ、伸太郎」

遮るように呼ぶと、健司はしばし黙って、それからこう訊ねた。

「好きな人に、触れずに生きていけると思うか？」

ドキリとした。息を飲んで顔を上げ、健司の顔をじっと見つめた。

胸の前で手をきゅっと握る。祈るように。

言いようのない不安が全身を覆う。

健司はどう思っているのだろう？

そう考えると怖くて逃げだしたくなる。

「は？　そんなん無理に決まってるだろ？」

仲太郎があっけらかんと言うと、健司は薄く笑った。そして、

「……そうだよな」

その言葉に、美雪の中にあった微かな希望の糸はぷつりと切れた。

健司はやっぱり無理だと思っていた。

触れられない存在とは恋なんてできない。そう思っていたんだ。

美雪は微苦笑を浮かべながら踵を返して去って行った。


入口の門を出ると、一台の車が美雪の前で停車した。

窓がゆっくりと開き、俊藤が顔を覗かせた。健司から彼が怪我《けが》を負ったことは聞いていた。どうやら完治したようだ。その顔には生気がみなぎっている。

俊藤は「また逢ったね」と人差し指と中指を眉の前に翳《かざ》した。

「そうだ。今度僕の別荘に来たまえ。素晴らしい景色に美味《うま》い食事を――」

そこまで言って眉をひそめた。そして美雪の顔をまじまじと見て「どうかしたのか」と小首を傾げた。

美雪は曖昧に笑ってその悲しみを誤魔化した。


部屋に戻ったとき、室内はオレンジ色に包まれていた。畳もちゃぶ台も、壁のポスターも、棚に置かれた小道具も、なにもかも、燃えるような色に染まっている。

夕日というのは不思議だ。無条件に心を切なくさせる。これは色を持たない自分だからなのだろうか？　それとも健司たちも同じように感じているのだろうか？

同じだったらいいな、と美雪は思った。

健司と同じ景色を見て、わたしも同じように感じたい。

一緒に「綺麗《きれい》だね」って笑い合いたい。

そんな叶《かな》わぬ思いに駆られてしまう。

無理に決まっているのに。

色を持たないわたしが普通の人と同じように生きてゆくなんて、そんなの初めから無理な話だ。どれだけ期待しても、どれだけ願っても、決して叶わぬことだったんだ。ほんの少しでも夢を見た自分がバカみたいだ。

美雪は手の中の指輪を見つめた。差し込む夕陽が赤い石を輝かせる。その輝きはゆらゆらと揺らいで滲んでゆく。涙が溢れているのだ。

できることなら、この指輪をはめたかった。

健司にはめてほしかった。

頭を振ると、美雪は指輪をケースに戻した。

そんなこと願っても無意味だ。だから——、
美雪はハンガーに掛けてあるベストのポケットに指輪ケースを戻した。

だから見なかったことにしよう。

そして忘れるんだ。あいつがこの指輪をわたしに贈ろうとしてくれたことを。

一緒に生きようと思ってくれたことを。

全部忘れるんだ。これでいいんだ。

そう自分に言い聞かせながら無理して微笑んだ。その拍子に思わず涙が一滴こぼれてしまった。頬を拭うとまた指先の色が取れてしまう。

そして美雪は思った。

この指に、この身体に、もしも皆と同じ色があれば……。

あいつと一緒に生きていけたのかな。

人はなぜ、好きな人に触れたいと思うのだろう。

きっと知りたいんだ。その人がどんな形をしているのかを。どんなぬくもりをしているのかを。この手で、この心で、大好きな人が今ここにいるということを確かめたいんだ。でも、僕らにはそれができない。僕はこの先もずっとずっと彼女のぬくもりを知ることはできない。何百回会話を交わしても、何千回笑い合っても、たった一度の触れ合いすらできない。僕の手が彼女の形を感じることは決してないんだ。

健司は自身の手のひらを見つめながら思った。

今日、伸太郎に思わず訊いてしまった。「好きな人に触れずに生きていけるか」って。あいつがなんて答えるかはおおよそ分かっていた。僕はきっと伸太郎の答えを聞いて納得したかったんだ。愛する人に触れずに生きていくなんてできっこないって。

夜の訪れとともににわか雨がしばらく降った。夕焼けはあんなに綺麗だったのに不思議なこともあるものだと、助監督部屋の窓から外を降る雨を眺めた。

――わたしがいた世界ではよくあることだぞ？

彼女が前に言っていた。そういえば一緒にいるとき、ふいに雨に襲われることが何度かあった。お守りを探していたときも、触れられない告白を聞いたときも。もしかしたらあの雨は、彼女の悲しみが降らせた雨なのかもしれない。

だとしたら、この雨も？

健司は荷物をまとめて帰り支度をはじめた。

バカバカしい。そんなことあるわけないだろ。映画じゃないんだから。

撮影所を出ると雨はすでに止《や》んでいた。

暗い夜道を歩き家を目指す。足取りは重く、ぬかるんだ道を歩くたびに足が地面に摑《つか》まれているように前に出なくなる。帰ることを身体が拒んでいるのだ。彼女に顔を合わすことを心が避けているみたいだった。

こんなことじゃダメだ。自分にそう言い聞かせる。

ちゃんと話し合おう。いつまでもこんな風に逃げていてはいけない。今思っている気持ちを率直に伝えた方がいい。

そう思いながら足を進めると、暗がりに小さなボストンバッグを手にした女性の姿が見えた。

それは黒のカーディガンを着た美雪だった。

「どうしたんですか？」と驚いて駆け寄った。

「出て行く」

「出て行く？　どうして？」

「お前には関係ない」

美雪の言葉は冷たく、そして短かった。目も合わさずに荷物を手に歩いてゆく。健司は彼女を追いかけ、そして前に立ちはだかると、

「なんで急にそんなこと言うんですか」と思わず語気を強めた。

美雪は立ち止まって健司の顔を見つめる。その表情には強い意思が滲んでいた。

いつも健司に向けてくれるあの愛らしさは微塵《みじん》も感じることはできなかった。

「理由も言わずに出ていくなんて身勝手すぎますよ！　なにが気に入らないんですか!?　言ってください！」

「言ってどうする？　引き留めるつもりか？」

「それは」と口ごもってしまう。

「じゃあ止めてみろ」

美雪はそう言ってボストンバッグを地面に置いた。そして両手を差し出し、試すような視線をこちらに向ける。だったら今ここで触れて、わたしのことを止めてみろと言いたいのだ。

「そんなの、できるわけ」

健司は奥歯を嚙《か》んだ。

そんなのできるわけないじゃないか。

だって触れたらあなたは消えてしまうんですよ。

そんなこと僕にできるはずがないって、あなただって分かっているはずなのに――。

「うんざりだ」

美雪が呟《つぶや》いた。その声に顔を上げると、彼女の大きな目が真っ赤に染まっているのが分かった。それから彼女は今にも泣きだしそうな声で怒鳴った。

「お前のそんな顔を見るのも！　触れないように気を遣われるのも！　愛想笑いも！　もう全部うんざりだ！　お前と暮らしてると息が詰まるんだ！」

そう言うと荷物を手に取り、駆けて行ってしまった。

追いかけようとしたが、途端に足が止まってしまう。

追いかけてどうするんだ？　あの肩を摑むのか？

そんなことできるわけないのに。

健司は小さくなってゆく美雪の背中をただ見つめるしかなかった。

階段を上って部屋の扉を開けると、彼女の荷物はすっかりなくなっていた。

元々なにも持たずにやって来た美雪。荷物と言えば、二人でどこかへ出かけたときに手に入れた物くらいだ。透き通るように綺麗なビー玉、髪飾り、可愛らしいブリキの人形、他愛ないものばかりだ。

しかしたったそれだけでも、なくなってしまうと部屋はやけに殺風景に見えた。いつの間にか彼女の所有物がこの部屋を彩っていたんだと、今更ながら思う。

ちゃぶ台の上にキャンディーの缶を見つけた。彼女が大好きだったものだ。この部屋を最初に訪れたとき、頬張って目を輝かせていた甘いキャンディーだ。

缶を手に取ってみると中身はすでに空っぽになっていた。

初めてここに来たときの彼女の姿を思い出す。このキャンディーを舐《な》めて笑っていたあの笑顔を。振り回されていたけれど、どれもが楽しかった思い出ばかりだ。そう思うと胸が張り裂けそうになった。

＊

行く当てなんてどこにもなかった。だからただ当てもなく町をさまよった。

賑《にぎ》わう商店街を避けてひと気のない裏道を選ぶ。大手を振って人波の中を歩けない自分がひどく弱い存在に思える。

いつも人に触れないように気を付けてきた。

健司との距離を意識し続けてきた。

近づきたい、でもそれはできない。そんな天秤《てんびん》の上で揺れていた。

だけど、こんなことになるなら――。

美雪は歩みを止めた。そして顔の前に伸ばした指先を見た。

触れてしまえばよかった……。

そう思うと、途端に空から雨が降ってきた。静かな、音のない雨だ。

傘を持たない美雪は雨宿りができる場所を探した。店の軒先に逃げ込むと店主に怪訝そうに見られてしまった。だから仕方なく電話ボックスの中に身を隠した。いつかガラス越しにくちづけを交わそうとした場所だ。

あの日のように箱の中に入ると壁に背を預け、俯《うつむ》きがちに地面を見つめた。

そして記憶を呼び起こす。

窓の向こうから緊張の面持ちで歩いてきた健司の姿。ガラス越しだったとしても、くちづけを交わせることが嬉しそうではにかんでいた。

その笑顔を見て、わたしは思った。

きっとこんなとき、この世界の人間ならば普通に愛を確め合うのだろうな、と。

もしもこの身体に色があったら、この世界の人間だったら、素直に健司を受け入れていたかもしれない。

そんなことを思ったら、ガラスから顔を離してしまった。

もしここでガラス越しにくちづけを交わしてしまったらきっともう戻れなくなる。もっともっとあいつの愛情が欲しくなる。触れたいと心から願ってしまう。だからおどけて誤魔化してしまった。

でも今となれば、たとえガラス越しだとしてもしておけばよかった。

そんなことを考えていると、くしゃみがひとつ漏れた。

雨が降りだしてからというもの辺りは冷え込み、薄手のカーディガン一枚では寒さをしのげなくなっていた。

両腕をさすりながら降り落ちる雨を見ていると、電話ボックスの前で大きな黒い傘が止まった。美雪は思わず身構えた。

傘がゆっくりこちらに近づいて来る。

もしかしたら健司かもしれない。

しかし、それは老人だった。丸メガネをかけた背の低い老人だ。

「あんた……」

老人は少し驚いた様子でこちらを見ている。

わたしを知っているのか？　美雪は眉を顰《ひそ》めた。

でもこの老人の声、どこかで聞いたことがある気がする。

「困っているならついておいで」

老人はそう言って美雪をある場所へと連れて行った。

そこは、ロマンス劇場だった。

美雪はロビーに続く階段を上りながら思い出していた。そう言えば、この老人の声はここで聞いたのだ。初めてこの世界に来たとき、表から健司に呼びかけていた声に違いない。

――おーい健司、雷大丈夫だったかー？

老人は劇場の主人で、本多と名乗った。

色々と詮索されるのではないかと警戒しながらソファに腰を下ろす。

もし映画の中からやって来たと知ったら、この男は大騒ぎするだろうか？

健司からは常々「映画から出て来たことは言っちゃだめですよ」と口酸っぱく言われていた。だから本多にも本当のことは言わなかった。

用心して口を結んでいたが、本多はこれといってなにも訊ねてはこなかった。それどころか、二階の倉庫部屋を自由に使っていいと言ってくれた。

「どうして？」美雪は不思議で訊ねた。

どうして見ず知らずのわたしに優しくするのだ？

すると本多は「気まぐれさ」と皺《しわ》に覆われた頬を持ち上げて笑った。さっきまでの仏頂面が笑った途端に柔和に見えた。きっと心優しい人なのだろうと、その笑顔を見て美雪は思った。

それから本多は棚の上の写真立てに目をやった。若かりし頃の本多と、ドレス姿の美しい女性が離れて立っている写真だ。

本多の横顔は、かつての思い出に耽《ふけ》っているようだ。

美雪はその姿をただ黙って見つめていた。

*

「おい、牧野」

助監督部屋での美術打ち合わせの最中、清水の声で我に返った。

彼女が出て行ったこの三日、心配で仕事も手に付かないでいる。伸太郎にそのことを話したら「そのうち帰って来るんじゃねぇの？」と軽く言われてしまった。しかし健司は思っていた。きっともう帰って来ないと。

出て行ったときのまなざしが決心していた。

だから彼女はもう二度と僕の元には帰って来ない。

「脚本の結末、もう直したのか」清水は腕を組んでこちらを見やった。

「いえ、すみません。まだ……」

「おいおい、結末が決まってないんじゃ撮影できないぞ」

呆《あき》れる清水に伸太郎が「こいつ三日前に女が出て行ったんですよ」と冗談っぽく言った。少しでも場を和ませようとしてくれているのか、「しっかりしろよな」と後頭部をパシンと叩いてきた。それを見ていたスタッフたちが呆れたように笑う。

「本当だよ！　しっかりしろよ牧野！」

「頼むぞ、監督さんよぉ！」

おかげで清水に大目玉を食らうことはなかった。

横目で見ると、伸太郎はやれやれと笑っていた。

自分の不甲斐なさにため息が漏れる。

伸太郎の分まで良い作品にしなくてはいけないのに。


その日の午後、早めに仕事が終わると健司は一人、助監督部屋で物思いに耽った。

この三日、朝も夜もなく美雪のことを探し回っている。彼女の安否がずっと気になっていた。もしどこかで人に触れて消えてしまったらと思うと不安で夜も眠れない。寝酒を飲むのが癖になりつつあった。

隣のデスクの足元にウィスキーの小瓶が置かれていることに気付いた。伸太郎がいつもここで隠れて飲んでいるものだ。手に取ってみるとまだだいぶ残っている。湯呑《ゆのみ》にウィスキーを注《つ》いで一気に飲み干した。胃が燃えるように熱くなって思わず歯を食いしばる。顔が熱くなった。それからため息を漏らしてもう一杯注ぐと、今度はちびちびと飲みはじめた。

職場で酒を飲むなんていけないことだと分かっている。しかもこんなに早い時間に。不真面目なことだ。でも今日だけは仲太郎の真似《まね》をしてみたくなった。

「こんなところでお酒飲んでたら怒られちゃいますよ」

三杯目に手が掛かったとき、塔子に声をかけられた。仕事場で酒を飲んでいるダメ助監督に呆れているのだろうか？　眉尻を下げてこちらを見て笑っている。

なんて言っていいか分からず黙っていると、塔子は椅子を引いて隣に腰を下ろした。そしてデスクの上に置きっぱなしになっていた空のコップを手に取って「わたしも一杯もらっていいですか」とこちらにそれを向けた。

それからしばらく二人で酒を飲んだ。これといった会話はなかった。途中で雨が降って来たので、その雨を見ながら美雪のことを考えた。

ふと塔子の視線を感じて目を向けると、彼女は少し不満そうに頬を膨らませていた。きっと健司の心がここにないことが分かったのだろう。手に持っていたウィスキーボトルをひょいっと奪うと、彼女は空のグラスにそれを注いでグイッと胃に流し込んだ。これでもう四杯目だ。

飲みすぎですよ、と注意しても塔子は止まらなかった。もう一杯グラスに注いで一口飲むと、「はぁ」と満足げに吐息を漏らして笑った。

塔子はあまり酒が強くないらしい。社長令嬢だから飲む機会はそんなに多くないのかもしれないが、帰る頃には足取りがふらふらになって完全に出来上がってしまっていた。いつもより饒舌《じょうぜつ》になって、顔にしまりがなくなっている。

夕方、雨が上がったのでバス停まで送ろうと撮影所の門をくぐって外に出ると、塔子は千鳥足で車道に出てしまいそうになった。

「危ないですって！」と手を伸ばしたが払われてしまった。

「大丈夫です！　心配性ですね、牧野さんは」

口調がとろんとしている。こんな塔子は初めてだ。

それから彼女はスキップでも踏むように陽気に水たまりをひょいっと跨《また》ごうとした。が、ヒールで地面を踏み誤って躓《つまず》いてしまう。「危ない！」と咄嗟に彼女の手を摑んだ。

よかった、転ばないで……と思ったのも束《つか》の間《ま》、塔子の手を握っていることに気付いて慌てて放そうとした。すると、塔子はもう片方の手で健司の右手を包み込んだ。健司はびっくりしてその手を見た。

彼女の手は温かく、ほんの少し汗ばんでいる。

顔を上げると、切なげな塔子の顔がすぐそこにあった。

健司は潤んだ瞳に言葉を失《な》くす。その手のぬくもりが妙に心を熱くさせた。そしてどうしようもなくなって、知らぬ間に口が動いていた。

「当たり前のことだと思っていました。隣にいる人のぬくもりを知れるのって……」

健司は塔子が握るその手を、ほんの少しだけ握り返した。

「でもそれって、すごく幸せなことなんですね」

彼女の手は温かく、絹のような感触だ。子供のように小さく、弾力があって驚くくらい柔らかい。塔子のぬくもりが手のひらを通して心まで届こうとしていた。

二人の傍を一台のトラックが通り過ぎると、その音でハッと我に返った。そして慌てて塔子の手を放した。

「すみません」

僕はなにをしているんだ。酔っているとはいえ、咄嗟の行為とはいえ、塔子さんの手を握るなんて失礼だ。

塔子はなにも言わない。ただこちらを見つめている。目のやり場に困って、健司は「バスが来ちゃいますよ」と歩き出した。

「わたしは幸せです」

震えた声に思わず振り返った。

「……牧野さんのぬくもりを知れて」

塔子は胸の前で手をきゅっと握っている。そこにまだあるだろう健司のぬくもりを確かめているみたいに。

「わたし、あなたのことが好きです」

不意の告白に、なんて答えたらいいか分からなかった。

＊

ロマンス劇場での生活は単調だった。外には一切出ず、毎日映写室の小窓からぼんやりと映画を眺めている。

眼下には楽しそうに映画を観ている客たちの姿がある。

主人公が悪党を倒すと歓声と拍手が響き、恋人との別れには洟《はな》をすする音が聞こえた。そんな光景を眺めながら、美雪はほんの少しだけ「羨ましいな」と思った。

かつて自分にも——ほんのわずかな時間だけど——こんな風に誰かに喜んでもらえていた頃があった。スクリーンの向こう側から人々の笑顔を見ると、なんとも言えない幸福にこの胸は熱くなった。だが、幸せは長くは続かなかった。

今愛されている映画たち。そこに自分の居場所はない。

きっともう誰かに必要とされることはないんだ。

午後の上映が終了すると本多がフィルムを片付けにやって来た。

美雪は本多に目もくれず、小窓の前のデスクでぼんやりしている。そんな彼女を想ってか、「たまには散歩にでも行ってきたらどうだ？　ちょうど雨も上がったところだ」と声をかけてくれた。でも、と戸惑う美雪に本多は笑いかける。

その笑顔に後押しされるように、久しぶりに外に出てみることにした。

ロビーを抜けて階段の下に目をやると、地面が太陽の光で輝いているのが見えた。眩《まぶ》しくて目が痛くなる。懐かしい感覚だ。階段を下りると吹き込んだ風に髪が揺れ、雨上がりの匂いが鼻孔をくすぐった。外に一歩踏み出すと太陽のぬくもりが肌を包んだ。

雨上がりの空は格別に美しい。大きく息を吸い込むと、さっきまでの曇《くも》った気持ちが晴れるような気がした。

外を歩くと健司に出くわしてしまうかもしれない。気持ちはどこか落ち着かなかった。それでも久しぶりの外は気持ちがよい。道端で咲いている花は綺麗で、蝶《ちょう》がふわりふわりと横切ると、ほんの少しだけ笑うことができた。

気付くと、健司と訪れた場所ばかりに足を向けていた。

健司が目隠しして歩いた橋。リヤカーを引いてくれた交差点。そしてあの電話ボックス。いつの間にかこの町の中で健司の姿を探している。

やがて二人で虹を見上げた場所までたどり着いた。やっぱりここでも健司を探した。「いるはずないのにな」と思いながら、二人でじゃれ合うように笑っていたあの頃を思い出す。懐かしさと、隣に誰もいない寂しさに、美雪はうっすらと悲しみの笑みを浮かべた。

健司はいつも優しかった。わがままを言っても笑顔でそれを聞いてくれた。無理難題にも応えてくれた。

彼の隣は居心地がよくて、ずっとここにいたいと思った。

その肩までのあとほんの三十センチのわずかな距離。それが歯がゆくてたまらなかった。それでも、あいつの横顔をこんなにも近くで見られることが嬉しくてたまらなかった。スクリーンの向こうからしか見ることのできなかったあの笑顔が手を伸ばせば届くほどの距離にある。今わたしは彼の傍にいる。そう実感することができて、それがなにより幸せだった。

この世界に来てよかった。そう思える瞬間だった。

涙がこぼれないように空を見上げる。

と、美雪は息もつけぬほど驚いた。

そこには、大きな虹が架かっていた。二重の半円を描くように、二つの虹が空に輝いているのだ。

——虹は幸運の象徴で、空に二本架かったら願い事が叶うって言われているんですよ。

健司の声が風の中に聞こえた気がした。

彼は言っていた。

もしも空に二つの虹が架かったら、そのときはここで一緒に見ようと。

美雪は白いブラウスの胸元をその手でぎゅっと握りながら思った。

もしかしたら逢えるかもしれない。

ここにいれば、この虹に気付いて健司が来てくれるかもしれない。

あの約束を叶えるために。

＊

空に架かった二重の虹を見上げながら、健司はあの日の約束を思い出していた。

あの場所に行けば、彼女がいるかもしれない。そう思って走り出そうとした。

だが、足が前に出ない。

今更逢ってどうするんだ。触れられない宿命に立ち向かえずにいるのに、彼女となにを話すっていうんだ。

健司は背を向けて家路につこうとした。

しかし、どうしても虹が気になってしまう。振り返ってもう一度空を見上げた。

――じゃあいつかそんなときが来たら、この場所で一緒に見ましょうね。

――考えといてやる。

そう言って笑っていた彼女を思い出す。

拳をぐっと握りしめる。

逢ってなにを話すかなんて分からない……。

でも、もう一度逢いたいんだ。そして謝りたい。

勇気を出して打ち明けてくれた秘密を受け止めてあげなかったことを。

健司は弾《はじ》かれるように走り出した。

そしてあの日の土手に着くと、肩で息をしながら空を見上げた。

二重の虹はすでに薄れてしまっている。

それでもなんとか間に合うことができた。

辺りを見回し美雪を探した。しかし人影はどこにもない。茜色《あかねいろ》に染まりはじめた空の下には、風に揺れる草木の姿しか見えなかった。

彼女は虹に気付いていないのかもしれない。いや、もしかしたらもう去ってしまったのかもしれない。僕が迷っていたばっかりに。

川で釣りをしていた人に声をかけて、ここで虹を見ていた女性がいなかったかと訊ねた。「ああ、綺麗な女の子がいたな」と言ったので、その肩をむんずと摑んだ。

「どっちに行きましたか!?」

＊

虹に背を向けて歩いてゆく。足早に、逃げるように。

あれからしばらくの間、美雪は約束の場所で健司を待っていた。しかし急に心細さに襲われてしまった。逢ってなにを話せばいいのだろう？　今更合わせる顔なんてない。

わたしたちはもう一緒にいない方がいいんだ。

そう思って踵を返した。美雪は顔を伏せ、二度と虹を見上げないようにロマンス劇場までの道を急いだ。

劇場近くの商店街までやって来ると、その足を止めた。そこには商店街に繫がる一本道があって、たくさんの人たちが行き交っている姿が見える。

わたしがこの世界に来た理由はあいつだった。一目逢うためにこの世界にやって来た。その目的はもう果たされた。健司との日々は楽しかった。今まで見たことのないたくさんの景色を、たくさんの色を、あいつはわたしに見せてくれた。

ずっと胸の中に閉じ込めてきたこの気持ちを伝えることができた。
そして、あいつもわたしのことを好きでいてくれた。
だからもう十分だ。もうこれ以上、なにかを求めることはない。
だったら——、
美雪は一歩を踏み出した。商店街に向かってまっすぐ歩いてゆく。
だったらもう、わたしがこの世界にいる理由なんてない。
わたしの願いは、すでに果たされたのだから。

*

部屋に戻ったとき、辺りはすっかり闇に包まれていた。

結局あのあと彼女を見つけることはできなかった。どれだけ走り回って探しても、どれだけ目を凝らしても、町の中に美雪の姿はどこにもなかった。

どうして来てくれなかったのだろう。

僕に嫌気が差してしまったからか。

いや、誰かに触れて消えたんじゃ……。

彼女がこの世界から消滅してしまったと思うと全身が冷たくなる。落ち着かなくてじっとしていられず、健司は肘掛け窓に腰を下ろした。そして握りしめていた拳を開く。そこには指輪がある。あの日渡せなかった指輪だ。

これを買ったとき、僕はなんの迷いもなく彼女のことが好きだった。プロポーズを受けてくれるか不安だったけど、喜んでくれるような気がしていた。これを渡して王子様になれたらなんて、そんなことを考えて浮かれていた頃が懐かしい。ただまっすぐに彼女のことを好きだった自分が眩しく思える。それに比べて今の僕はなにをやっているんだろう。

ぼんやりとそんなことを思って指輪を見ていると、

「相変わらずシケたツラしてんなぁ！」

ドアを開けて仲太郎が勝手に入って来た。

「なんだよ、急に」健司は驚いて立ち上がった。

仲太郎がこの部屋に来たことなんて一度もない。訪ねて来るなんてよっぽどの用事かと思った。

「お!? なんだよ、それ！」

酔っているみたいだ。アルコールの匂いをプンプンさせて部屋に上がり込んでくると、健司の手から指輪をかすめ取った。そして裸電球に翳して品定めするように指輪を見つめた。

「おい、返せよ！」

　奪い返そうと飛びかかるが躱された。

「そうか。この指輪があるから未練残ってんだな？」

　そう言うと、伸太郎は窓の外を見た。投げ捨てるつもりだ。

「やめろって！」

　と、飛びかかるが、伸太郎はすでに窓の向こうに指輪を投げていた。

「なにすんだよ！」

　摑みかかると、伸太郎はその手をぐっと摑んだ。いつものおちゃらけた表情は消え、真剣な目をしてこう言った。

「付き合えよ、塔子さんと」

「え？」

「その方がいいよ。お前にとっても、塔子さんにとっても。好きって言われたんだろ？　だったら大事にしてやれよ」

　伸太郎は見ていたのかもしれない。僕が塔子さんに告白をされるところを。それで僕の背中を押そうとしているんだ。でも――、

「悪い、帰ってくれ」

　健司はそう言って、伸太郎の手を振りほどいて背を向けた。

でも僕は、やっぱり彼女のことを……。

＊

ロマンス劇場の映写室――。

美雪は小窓からスクリーンを見つめていた。身体に力が入らない。虚《むな》しさと、情けなさが全身を覆っている。やるせない気持ちで下唇を噛んだ。

結局、人混みに飛び込むことはできなかった。土壇場になって躊躇《ためら》ってしまった。この世界にいるべき人間じゃないのに、分かっているのに、どうしても足が前に出なくなった。

健司への断ち切れない想いが美雪を恐怖させたのだった。

そしてまたロマンス劇場に戻って来て、相も変わらず小窓から映画を眺めている。生きることも、消えてしまうことも、なにもできない自分が呆れるほど中途半端に思えた。

スクリーンの中では外国の俳優が恋人を抱き寄せ、くちづけを交わしている。

隣では大きな音を立てて映写機が回っている。レンズから吐き出される閃光《せんこう》が眩しい。

ドアを開けて入ってきた本多が「そろそろフィルムを替える時間だ」と、映画の続きが焼かれたフィルムを今回っている映写機の隣の機械にセットする。

きっと悲しんでいることに気付いているはずなのに、本多はなにも言おうとしない。慰めることも、励ますこともせず、ただ美雪を見守るだけだ。そんな優しさが今は心地よかった。

この人はなんでも分かってくれるんだな、と心の中で本多に感謝した。

＊

二重の虹が空に架かったあの日から、健司は前にも増して美雪の姿を探して歩いた。しかし彼女はどこにもいない。二人で訪れた場所はすべて行った。すれ違っているのかもしれないと思い、何度も何度も足を運んだ。それでも彼女はいなかった。

そうなるともう、思い当たる場所はひとつしかなかった。

「本多さん！」

ロマンス劇場の前で、本多が掲示板のポスターを貼り替えている。彼は画鋲《がびょう》を押し込むと、横目で健司を見て「どうした？」と素っ気なく言った。

「実は人を探してて」

健司は言葉に詰まった。

なんて説明したらいいんだろう。映画の中から人が出て来て、その人を探しているとでも言うのか？　そんなバカげた話、信じてくれるだろうか？

本多はなかなか物言わぬ健司をしばらく見ていたが、再び作業に戻った。そして背中を向けたまま言った。

「あのお嬢ちゃんだろ？」

意外な言葉が耳に飛び込み、健司は目を見開いた。

「知ってるんですか!?」

「ああ」

「もしかしてここに!?」

「いるよ」

「本当ですか!?」

思わずロマンス劇場を見上げた。

彼女がここにいる、そう思って劇場の中に飛び込もうとする――と、

「でもな、健司」

振り返る健司を見て、本多は小さくため息を漏らす。そして、

「お前にはもう逢わないと言っているよ」

「え？」

本多は取り替えた古いポスターを小脇に抱えてロマンス劇場の中へ戻って行く。一人

残された健司は一歩も動くことができず、その場でただ立ち尽くしていた。胸に咲いた淡い期待があっという間に萎《しぼ》んでしまった。

彼女はもう僕に逢いたくないんだ。

きっとあのとき、去って行く彼女を引き留めなかったからだ。

「――俊藤さん！　お疲れ様でしたぁ！」

この日の午後、『怪奇！　妖怪とハンサムガイ』の撮影は無事に終了した。

なかなか大変な現場だったからスタッフたちの顔には解放感が滲んでいる。

拍手で沸くスタジオ。手を叩く彼らの視線の先には花束を渡された俊藤がいる。思い描いた怪談ミュージカルが上手くいったからか、その表情は充実していた。

そんな一同の中で健司は上手く笑えずにいた。スタッフの輪の後ろの方でぽつんと背中を丸めている。今朝本多に言われた言葉が今も脳裏に揺れていた。

一言挨拶を求められた俊藤が、ごほん！　と大きく咳《せき》ばらいをする。

「この映画を通じて学んだことがひとつある。人は爆発すると人生観が変わるということだ。僕は今、仏のように穏やかな気持ちだ。成仏を乗り越えた男・俊藤、これからも映画界に輪廻《りんね》の風を吹かせていくよ。じゃあみんな、来世で逢おう！」

意味は分からなかった。でも拍手は起こった。

俊藤が颯爽《さつそう》と歩き出すと、別の助監督が「撤収！　撤収！」と叫んだ。それを合図に慌ただしく片付けがはじまる。健司も仕事に向かった。このスタジオは明日には別の組がセットの建て込みをはじめる。今日中に片付けなければならないのだ。

「おい、助監督」

振り返ると俊藤がこちらに向かって歩いて来るのが見えた。俊藤がこんな風に一介の助監督に話しかけてくるなんて珍しい。どうしたんだろう？　健司は首を捻《ひね》った。

「大丈夫か？　彼女」

「彼女？」

「前に一緒にいたマブな女さ。前に偶然ここの門のところで逢ってね。別荘に誘ったけど断られたよ」

俊藤さんは彼女に逢ったんだ。

「あの子、実家に帰りたがってるのか？」

「え？」

「変なことを言ってたからな。元の世界に戻る方法を知ってるか、とかなんとか。随分落ち込んでたからちょっと心配してたんだよ」

美雪は俊藤のことを自分と同じ映画から出てきた存在だと勘違いしていた。だからきっとそんなことを訊いたのだろう。

健司は顔を伏せた。

彼女は向こうの世界に帰りたがっている。でも帰ることもできずに今もロマンス劇場に留《とど》まっているんだ。それなのに僕はなにもできずにいる。なんて不甲斐ないんだろう。

「男が簡単に下を向くな」

俊藤の優しげな口調に顔を上げた。

「男の視線は常に未来。好きな女との未来を見つめて生きるものさ。下を向いてたら今しか見えないぜ?」

ニヒルな笑みを浮かべて健司の肩をポンと叩くと、もらった花束を肩に載せて颯爽と去って行った。

すべての撤収作業が終わったのは夜になってからだ。打ち上げは明日に行うため、今日は少し早めに解散となった。

健司は助監督部屋に一人残って最後まで備品の確認をしていた。スタッフたちが「お疲れ」と部屋から出ていく。曖昧に笑って見送ると、小道具の箱の中に造花の薔薇《ばら》を見つけた。浮かべた笑顔が消える。

あの日、あの縁日で渡せなかった造花の薔薇を思い出す。

勇気がなくて、彼女に想いを伝えられなかった。

僕はいつもそうだ。

椅子にもたれて顔を歪めた。

度胸がなくて、意気地がなくて、ここぞというときに大切なものを摑めずに生きてきた。ずっと逢いたいと願い続けていた彼女に対してもそうだ。勇気を出してこの世界に飛び出してきたあなたに、僕はなにも応えられずにいる。

こんなことでいいのか？　いや、いいはずがない。

でも彼女はもう、僕と生きることを望んではいないんだ。

やりきれない思いに駆られ、健司は薔薇を見つめた。

「牧野さん」

塔子の声がした。造花を箱に戻すと健司は振り返った。

戸口に立つ塔子は、いつになく神妙な面持ちをしていた。

「どうしたんですか？」と訊ねてみるが、首を横に振るばかりでなにも言おうとしない。胸の前で手をこすり合わせている。なにかを切り出そうと全身から勇気をかき集めているみたいだった。

塔子はすうっと呼吸をひとつしてこちらを見た。そして、

「この間の返事、聞かせてもらえますか」

突然の言葉に戸惑った。しかし健司は塔子から目を離さなかった。そして決意した。しっかり断るべきだ。だって僕が好きなのは塔子さんじゃないのだから。

彼女を傷つけないように言葉を探す。

そんな健司を見て、塔子はふふっと小さく笑った。

「少し遊びをしませんか？」

さっきまでの緊張が解けたような晴れやかな顔だ。

「遊び？」

「簡単です。お題を決めて、それに沿ったものを連想して言い合うんです。例えば『赤いもの』なら、薔薇とか、ポストとか、もみじって」

「どうしてそれを」

動揺する健司を見つめて、塔子はゆっくりと口を開いた。

＊

それは昼間のことだった。

事務所で仕事をしている塔子の元に一本の電話が掛かってきたのだ。受話器を取って驚いた。その相手は、美雪だったからだ。

美雪は「逢って話がしたい」と言った。そして二人は夕方にこの間の喫茶店で逢う約束をした。

受話器を下ろしてからも美雪の声が耳から離れなかった。彼女の声はなんだかすごく張りつめていたように思えた。

約束の時間に店に行くと、美雪はすでに来店していた。前と同じ窓辺の席に座り、じっと一点を見つめて深刻そうな顔をしている。その横顔に声をかけて向かいの席に座ると、美雪はぎこちない笑みをこちらに向けた。

飲み物を注文して、塔子が「それで、話って?」と切り出した。

美雪はしばらく黙っていた。しかし、いよいよ覚悟を決めたという顔をして、「前に言っていたな」と話しはじめた。

「恋に自信が持てないと」

「それは……」

この間逢ったとき、二人が付き合っていないと知って浮かれて言ったことだ。

窓から差し込む夕日の中、美雪は優しく微笑んだ。

「なにも心配いらないぞ。あいつはきっとお前のことを好きになる。だから安心するといい」

その瞬間、言葉の意味を察した。

この人は、わたしに牧野さんのことを譲ろうとしているんだ。

それでこんなことを……。

「あいつは弱い奴だ。すぐ落ち込むし、うじうじするし、男としては情けないところがいっぱいある。だからもし、あいつが落ち込んでいるときは……」

美雪の声が震えた。ぐっと奥歯を噛む。涙を必死に堪《こら》えているのだ。

「そのときは――」

振り絞るようにそう言うと、顔を上げてもう一度笑った。

「手を握って慰めてやってくれ……」

目に涙が盛り上がって、今にも泣きそうな笑顔だった。見ているこちらがもらい泣きしてしまいそうなほどの。

「休みの日はどこかへ連れていってもらうといい。あいつは少しくらいのわがままなら喜んで聞いてくれる。叩いても、橋から落としても怒ったりしない。あと一緒に遊びをするといい。お題を決めて思いついたものを言い合うんだ」

美雪は指を折りながら、

「赤いものなら、薔薇、ポスト、もみじって……」

その手が微かに震えている。

「そんな風に――」

にっこり笑うと、瞳から一滴の涙が落ちた。

「ずっとあいつの隣にいてやってくれ……」

＊

健司の目から涙がこぼれた。

「黙っていようと思ってました。彼女と逢ったこと。でも無理でした。だって、あなたたちは互いに想い合っているから。台本を読んだときから分かっていました。牧野さんは、あの人のことが大好きだって」

涙を浮かべて微笑む塔子。口の端が震えている。無理して笑っているのだ。

「わたしが入り込む隙間なんて、どこにもないって……」

塔子さんは僕の背中を押してくれている。彼女の元へ行ってほしいと、そう言っているんだ。

「僕は……」

塔子は頷いてみせた。行ってください、と言いたげなまなざしで。

そして健司は跳ねるように助監督部屋を飛び出した。

＊

ロマンス劇場では夜の部の上映がはじまろうとしていた。劇場の階段から表まで、多くの客が列を作って並んでいる。

美雪はそんな人々を尻目に、ロビーを横切り劇場に足を踏み入れた。

薄明かりが点《つ》いた誰もいない劇場は静かで寂しい。美雪が歩くヒールの音だけが響く。

そしてスクリーンの前に立ち、見上げながら思った。

もしできるなら映画の中に戻りたい。わたしが生まれたあの場所に。

そうしたらもう二度と夢を見ることなんてしないのに。

もう誰にも観られなくて構わない。

健司がわたしを見つけてくれた、その思い出があればそれだけで十分だ。

振り向いて並んだシートに目をやった。彼がよく座っていたシート。中央通路沿いの真ん中の席だ。そこに座ってラムネ瓶を傾けながら嬉しそうに笑っていたあの愛らしい笑顔を思い出す。

　こんな忘れられた映画のわたしを見て、楽しそうに、幸せそうに、あいつはいつも笑ってくれた。あのまなざしを思い出すと今でも胸が熱くなる。

でもう、あの笑顔の元には帰れないんだ。

帰ってはいけないんだ。

「——映画ってのは儚いものだな」

本多の声が聞こえた。開かれた扉の向こう、彼はロビーのソファに座っていた。手に持った写真立てを見つめている。そして視線を美雪に移した。

「人の記憶に残れる映画なんてほんのわずかだ。あとのほとんどは忘れられて捨てられちまう。誰かを幸せにしたくて生まれてきたはずなのに」

わたしは誰かを幸せにできただろうか？

健司のことを、少しは幸せにしてやれたのだろうか。

本多は小さく微笑んだ。

「いつか叶うといいな、あんたの願いが」

願い……。わたしの願いはたったひとつだ。

いつでもずっと思っていた。

ずっとずっと願っていた。

わたしの願い、それは……、
色が欲しい。

あいつと同じ色が欲しい。この身体に、この指に、もしもあいつと同じ色を纏うことができたなら、わたしたちは一緒に生きていけたかもしれない。触れ合うことができたかもしれない。あいつのぬくもりを、その感触を、知ることができたかもしれないんだ。

この身体に色さえあれば……。

だからわたしは色が欲しい。

健司と同じ、人間になりたかった。

＊

健司は走った。走りながら美雪のことを想った。

塔子さんに僕を託そうとした彼女。落ち込んだとき、悲しんでいるとき、手を繋いで慰めてやってほしいというのは彼女自身の願いなんだ。でもそれができないから、触れたら消えてしまうからって、そう思って諦めたんだ。塔子さんに僕の幸せを託したんだ。

僕はバカだ。なんてバカなんだ。

弱くて、臆病で、ずっとずっと逃げ続けていた。

上手くいかないことをすべて「触れられない」という宿命のせいにして、僕らの違いのせいにして、その存在から、その気持ちから、ずっとずっと逃げていたんだ。

一番辛いのは、苦しいのは、彼女だったのに。

――わたしには色がないんだ。だからお前と生きることなんてできやしない。

彼女は色が欲しかったんだ。

あの白黒の身体に、僕らが当たり前に持っている色があればと、きっと何度も何度も願っていたはずだ。

そのことに気付いてあげられなかった。

僕は彼女のことを奇跡のような存在だと思っていた。願いが天に届いて、神様が奇跡を起こしてくれたから出逢えたんだって、そう思っていた。

でも、違う。そうじゃない。

彼女は奇跡なんかじゃない。

今ここに、この世界に生きている、ただ一人の女性なんだ。

健司は息を切らして走り続けた。

美雪と一緒に歩いた橋を越えて、あの電話ボックスを過ぎて、劇場通り商店街を抜けて、そしてようやくロマンス劇場までたどり着いた。

「本多さん!」

列をなして開場を待っている客たちを押しのけて階段を駆け上がると、切符売り場に本多の姿を見つけた。

本多がこちらにやって来ると、彼は肩で息する健司の顔をじっと見つめた。その覚悟のほどを窺うように。健司は決して目を離さなかった。

本多が客たちを見やった。

「悪いが今日の上映は中止だ」

その言葉に、そこにいた大勢の客たちがざわつく。

「中止!?」

「なんでだよ!?」

不満を漏らして一斉に本多に食って掛かった。しかし本多は毅然《きぜん》として言った。

「劇場はこいつの貸し切りでな」

「はぁ!?　貸し切り!?」

「金も払ってないのにか!?」

本多はポケットに手を入れて硬貨を一枚取り出した。

「貰《もら》ってるさ。ずっと前からな」

閉館後に美雪の映画を観るために払っていた代金と同じ硬貨だ。大した金額ではない。しかし本多はそう言ってくれた。健司のために。

そして健司に、行くんだと目で合図した。

健司は頷いて応えると、そのままロビーへ駆けこんだ。

辺りを見回し美雪を探す。しかし彼女はいない。劇場かもしれない。

扉を開いて勢いよく飛び込むと、後方のシートに座る美雪の姿を見つけた。

美雪も健司に気付いて立ち上がると、中央の通路まで出てきた。

久しぶりに見た彼女に心が沸き立つ。ワインレッドのワンピースを纏った姿はいつものように美しい。しかしその顔は戸惑いで曇っていた。

美雪はバツが悪そうに視線を逸らす。

健司は中央の通路を進んで彼女の元へ向かった。

「帰りましょう」

美雪は首を横に振ると、俯いたまま言った。

「無理だ……」

「どうして？」

「わたしはお前になにもしてやれない」

身を引こうとしているその心を思うと、胸が痛くて堪らなくなる。

「苦しんでいるとき、わたしはお前に触れてやることすらできない。その手を取って励ましてやることも、手を繋いで歩くことも、皆が当たり前にしていることをわたしはなにもしてやれない」

彼女は気丈に振る舞っている。きっと悲しんでいるはずなのに、辛い気持ちを堪えて無理して笑っているんだ。

「お前はもっと普通の恋をするべきだ。その方がいいに決まってる」

それはまるで自分に言い聞かせているようだった。

目の奥が熱くなるのを感じた。

「でも僕は――」

健司は微笑みかけた。

「あなたじゃなきゃダメなんです」

美雪の作り笑顔がふっと消えた。その目が涙でいっぱいになる。唇をきゅっと結んで泣かないように我慢している。

「他の人じゃ意味がないんです。僕はどんな映画より、誰よりも、あなたのことが大好きなんです」

大きな瞳から一筋の涙がこぼれた。

垂直に頬を伝い、彼女の手の甲にぽろりと落ちる涙。

美雪の表情はみるみる崩れて、堪えていた感情が溢れ出しているのが分かった。

そして彼女は震える声で言った。

「ねぇ、健司……」

はじめて健司と呼んでくれた。

嬉しくて思わず涙がこみ上げる。

「その言葉だけでもう十分だ。だから最後に一度だけ――」

彼女は泣きながら微笑んだ。

「抱きしめて……」

その言葉に、健司も涙を流した。

「お願い」

きっと今も頑《かたく》なに思っているんだ。僕と一緒に生きていくことはできないと。ならばせめて最後に一度だけ触れたいって思っているんだ。

ずっと心に秘めていた願いを叶えたいんだ。

健司は手の甲で涙を拭った。

もう泣かないと決めた。

僕は彼女の願いを叶えるんだ。

ゆっくりと美雪に歩み寄った。いつも決して傍に寄らせてくれなかった彼女の目の前に立つと、こんなにも華奢《きゃしゃ》で、こんなにも小さいんだと改めて思った。

健司は美雪の瞳を見つめた。

美雪が、うん、と頷く。

願いを叶えてほしいとその目が訴えている。

触れてほしいと、心から願っている。
そして健司は、美雪の頬に手を伸ばした――。

第四章

物語を語り終えると、健司はベッドサイドのテーブルに古びた原稿用紙を置いた。

こんな風に長く話したのは本当に久しぶりだ。

病室の窓からは随分高くなった太陽が顔を覗《のぞ》かせる。話しはじめたときはまだ朝だったのに。もうすぐ昼になろうとしていた。

窓の前では天音が大粒の涙をこぼしている。

「それで彼女消えちゃったの？　せつないよぉ」

この話を気に入ってくれたようだ。感情移入してさっきから泣きっぱなしだ。

ぐしゅんと洟《はな》をすすると、天音は自分自身を納得させるようにぽつりと漏らした。

「でも、それが彼女の願いなんだよね」と悔しそうに言葉を噛《か》みしめている。

健司がハンカチを差し出すと、天音は涙を拭った。付けまつげが取れてしまって目が幾分小さくなった。天音はそれでもお構いなしといった様子でベッドに手をつき身を乗り出すと、

「それでそれで！　それからどうなったの!?」

健司は静かに首を横に振った。

「ここまでなんだ」

「ここまで？」

「この話、結局映画にはできなくてね。だからここまでしか書けてないんだ」

「え――！　先が気になるんですけど！　書いてよ続き！」

「いや、でも」

「お願い！　わたし楽しみにしてますから！」

自分の作るものを誰かが楽しみにしてくれている。そんな感覚は長らく忘れていた。健司は嬉《うれ》しく思った。こんなにも年の離れた女の子に喜んでもらえたことが。

続きか……。

曖昧にしておいた結末は納得のいかないままだった。だからといって二人の恋の結末を決めてしまう勇気もなかった。僕らの恋が本当に終わってしまうと勝手にそう思って、ずっと筆を執れずにいた。

でもこんな風に死期が迫り、残された時間もわずかになった今、結末を書かないまま死んでしまっていいのだろうかと、天音に物語を話しながら健司は考えていた。

僕にはまだやるべきことがあるのではないだろうか？

彼女のためにしてやれることが、この老いぼれた自分にもきっとまだあるはずだ。そう信じたい。

病室のドアが開いた。風の通り道ができて窓から春の風が吹き込んでくる。その風に誘われるように健司はドアの方を見た。

「お孫さん来てくれましたね」と天音が言った。そして、ふっと笑った。「じゃあわたし行きますね？　続き、書いたら聴かせてくださいね!?　約束ですよ!?」

天音がそう言い残して出ていくと、健司はもう一度、戸口の方へ微笑《ほほえ》みかけた。

そこには、美雪が立っている。

こちらに笑いかける笑顔は遠い昔の姿のままだ。

そして彼女の左手の薬指には、赤い石の指輪がはめられていた。


あの日、あのロマンス劇場で、彼女に触れることはしなかった。

伸ばしかけたその手を引っ込めると、健司は「できません」と首を振った。

「もう決めたんです。たとえこの世界の人じゃなくても、白黒でも、触れられなくても、僕はやっぱりあなたといたいんです」

「でも」

「でもじゃありません。たまには僕のわがままも聞いてくださいよ」

にっこり笑うと、それを見た美雪の頬《ほお》にまたひとつ涙がこぼれた。

でもそれは悲しみの涙ではない。嬉し涙だったはずだ。

「僕が幸せにします。だからもうそんな顔しないでください」

美雪も微笑んだ。澄んだ笑顔はこの世界のなにより綺麗《きれい》に思えた。

そして彼女は言ってくれた。

「仕方ない。じゃあ、ずっと一緒にいてやるか」

その言葉が嬉しくて、二人で顔を見合わせながら笑った。

僕はこの人と一緒に生きていきたい。たとえ触れることができなくても、彼女が隣にいればそれでいい。きっと辛《つら》いこともあるはずだ。苦しいことだってあるはずだ。でも、それでも僕はあなたを守りたい。幸せにしてあげたいって、今は心からそう思っている。僕の人生を、こんなにも色鮮やかに染めてくれたあなたのことを……。


病院の待合室にやって来ると、健司は長椅子に腰を下ろそうとした。しかし不意に足の力が抜けてその場で膝《ひざ》をついて転んでしまった。

傍らの美雪が慌てて手を伸ばす。しかし触れることはできない。だから健司が立ち上がるのを見守るしかなかった。健司は「大丈夫だよ」と笑いかけて椅子に手をかけ立ち上がろうとする。だがなかなか上手《うま》くいかない。腕に力が入らなかった。

その後ろでは、入院患者とその家族らしき中年女性がこちらを見てひそひそと話をしている。「手を貸してあげればいいのにね」「ひどいわね」と。

ようやく長椅子に座ると健司は、気にしないで、と美雪に目で告げた。

彼女は頷《うなず》き、少し離れて腰を下ろした。

彼女と生きたこの六十年。こんなことはよくあることだった。夫婦仲を疑われたり、遺産目当てのひどい孫と勘違いされたり。

いつからだろうな……。僕らが恋人同士に見えなくなってしまったのは。

いつからか僕らは恋人にも、夫婦にも見えなくなってしまった。彼女はずっと若いままで、僕一人だけが年老いている。仕方のないことだと分かっているけど、なんだかそれがすごく悔しい。人の目を気にすることはなかったけれど、でも今は自分自身の見てくれが気になってしまう。美しい彼女とは不釣り合いなんじゃないかって、いつからかそう思うようになった。胸を張って彼女の恋人だと、夫だと、そう言えなくなったことが悲しい。

「今日、看護師さんに映画の話をしたんだ。結末を書いてほしいと頼まれたよ」

「そうか」

「残された時間も少ないし、書いてみようと思うんだ。この物語の結末を」

残された時間——その言葉に美雪の顔が曇《くも》った。がんという病については彼女も重々分かっている。健司の余命が幾ばくもないことも。

「……幸せな結末がいいな」

美雪が寂しそうに呟《つぶや》いた。

健司はゆっくり頭を上下させた。

「分かっているよ。最後は、君の一番欲しいものをプレゼントしてあげる……そんな結末にするよ」

「一番欲しいもの？」彼女はこちらを見て小首を傾《かし》げた。

健司は皺《しわ》を持ち上げて薄く笑うと、隣にいる愛する人に頷きかけた。

僕にはまだやるべきことがある。

この物語を書き上げるんだ。

そして、彼女が一番欲しがっているものを差し出す。

それこそが、僕が最後にやるべきことなんだ。


その日から、健司は再び万年筆を執った。体力は衰え、思うように身体に力が入らず、字も上手く書くことができない。起き上がれない日すらもある。それでも健司はできる限り毎日物語を書き進めた。一行だけしか書けない日もあった。どんなに調子の良いときでもそう長くは書くことができない。

己の衰えに呆《あき》れ果ててしまうが、そのたびに美雪は励ましてくれた。ベッドサイドから見守るようなまなざしをこちらに向けてくれる。その目が言っていた。頑張れ……と。

だから健司は力を振り絞り、どんなに辛いときでも物語を書き続けた。

結局最後まで映画にすることができなかった物語。

誰にも観《み》られることはなく、触れられることもなく、そっと抽斗《ひきだし》の中で秘密にしておいた健司と美雪の物語。その結末を描くときが来たのだ。

二人のハッピーエンドを描く、そのときが……。

＊

季節がいくつか流れ、紅葉の葉が落ち、本格的な冬が到来した。

今年の秋は雨が多かった。幸いなことに二人の家は病院から十分程度のところにある。だから通うのはそう大変ではなかった。バスにも電車にも乗ることができない美雪は移動はいつも徒歩と決めていた。

くれぐれも人には注意しておくれよ、と健司は今も口酸っぱく言う。彼なりの優しさだ。危なっかしい美雪を一人にしておくのはどうにも心配なのだろう。

ここのところずっと健司の調子は良くなかった。身体は痩せ細り、前にも増してやつれて骨と皮だけになってしまった。そんな健司を見るのは辛い。涙がこみ上げてしまう。しかし健司はそれでも闘っている。病気と、そして自分自身の物語と。

どれだけ身体が辛くても筆を止めることはなかった。書いては直し、書いては直しを繰り返し、なかなか最後までたどり着けずに焦っていた。残された時間が少ないことを、きっと彼自身が一番よく分かっているのだろう。

その姿を見て美雪はいつも思っていた。

こんなとき、手を握ってあげられたら……と。

そう思ったことはこの六十年、一度や二度じゃない。

彼が苦しいとき、悲しいとき、その手に触れて慰めてやれればと何度となくそう思った。もしかしたらわたしは健司の幸せを奪っているのかもしれない。そんな風に考えたこともある。でもそのたびに健司は首を横に振ってくれる。僕は幸せだよ、と優しいまなざしをこちらに向けてくれる。彼の笑顔に何度も何度も救われてきた。

その健司が死んでしまう。もうすぐいなくなってしまう。

そう思うと堪《たま》らない気持ちになる。健司のいない世界なんて想像できなかった。

だからなのか、最近よく昔の写真を見返すようになった。死という未来に目を向けられず、意識が過去に向いているのかもしれない。

この日の夜も、美雪は自宅で一人、リビングの本棚の一番下にしまってある古いアルバムを引っ張り出して思い出に浸っていた。

強い風が窓を叩《たた》く寒い夜だった。人里離れたこの辺りは町中よりも気温が少しだけ低い。雪が降りそうな、そんな天気だ。

ソファに腰かけアルバムをめくる。懐かしい写真たちに思わず頬が緩む。更にページをめくると、そこには二人並んだ写真が貼られていた。

結婚祝いに撮った記念の一枚だ。

お金がないからせめて写真だけでもと、「二人の結婚写真を撮りましょう」と彼が提案してくれたのだ。借りてきたスーツでめかし込んだ健司。美雪は白いワンピースを纏《まと》った。ウェディングドレスを用意できなかった代わりに、彼が新しい服を買ってくれた。「よく似合ってますよ」と健司は顔をくしゃくしゃにして笑った。その笑顔がとっても嬉しかった。

美雪が椅子に座り、健司が少し離れて立つ。写真館の主人が、もっと近づいて、と両手をすぼめてみせる。その言葉に顔を見合わせてくすっとする。

そして、この距離でいいんです、と主人に健司は首を振った。

せっかくの記念写真なのにどうして？　と、主人は不思議そうに大判カメラのファインダーを覗いた。

健司が、いいよね？　とこちらを見て笑う。美雪は、いいよ、と微笑んで頷いた。離れていても二人の心の距離はすぐそこにあると、互いにそう信じていた。

そして二人は一枚の写真に収まった。

決して近づくことはできなくても、幸せに満ちた一枚だった。


アルバムをめくって次に目に留まった一枚は、健司がロマンス劇場で働き出したときに撮ったものだ。

二人が結婚写真を撮ってすぐの頃、京映株式会社は経営不振によって倒産してしまった。それにより社員たちは路頭に迷った。もちろん健司もそうだ。

かなり以前から経営不振の噂《うわさ》はあり、準備を進めていた健司の映画はその皺寄せを受けて長い間撮影が中断していた。そして倒産の報《しら》せと共にすべてが頓挫してしまったのだった。

健司は絶望した。その姿を見るのは辛かった。しかし京映が潰れてからも、健司は二人の映画をなんとか実現させようと様々な映画会社に頼んで回った。

時代は映画からテレビに移り変わっていた。劇場の数は激減し、制作される映画の本数も黄金期に比べたら圧倒的に少なくなっていた。ただの助監督に過ぎない健司の映画に予算が付くわけもなかった。

それでも生活は続いてゆく。だから仕事をよそに求めなくてはならなかった。

そんな中、本多がロマンス劇場の館主の仕事を譲ってくれた。映画に携わっていたいという健司の想《おも》いを汲《く》んでくれたのだろう。

健司はロマンス劇場で懸命に働いた。美雪もそんな健司を献身的に支えた。慣れない料理も頑張って作った。前みたいに「どこかへ連れて行け」なんてわがままも控えた。だってわたしは妻なのだからと、そう思いながら毎日弁当を作った。もちろん美味《うま》いはずもない。料理の経験なんてまるでないのだから。

それでも弁当を届けにロマンス劇場に行くと、健司はいつも美味《おい》しそうに美雪が作った不格好なおにぎりを頬張ってくれた。美味しい美味しい、と言ってくれるその笑顔が嬉しい。明日も頑張って作ろうと思わせてくれた。

家路につこうとした美雪が踵《きびす》を返して入口のガラス戸をノックする。そして健司にそっと唇を差し出す。あの日できなかったガラス越しのくちづけを求める。

健司はくすりと笑ってこちらにやって来る。そして辺りに人がいないことを確認すると、美雪にそっと唇を寄せた。

決して触れることはできなくても、ただそれだけで幸せだった。たとえそこにぬくもりはなくても、感触はなくても、愛情だけはたくさんたくさん伝わってきた。

散歩をしているとき、眼前に手をつないだ夫婦を見つけると健司は一枚のスカーフをこちらに差し出した。その端と端を握り合って歩く。それが二人の手のつなぎ方だ。ずっとそんな風にして隣り合わせで歩いてきた。健司が老いてしまってからもずっと。あるときは夜のロマンス劇場で二人きりで映画を観ることもあった。隣り合わせで座ることは危ないからと、少し離れた席に分かれて腰を下ろす。

彼はきっと隣り合わせで座りたいんだろうな、と美雪は思った。しかし健司は優しく微笑み、隣り同士じゃなくても幸せだよ、と言ってくれた。その笑顔に美雪も微笑んだ。

ロマンス劇場は二人の縁《よすが》だった。

この場所があれば、二人ずっと幸せに暮らしていける。そう信じていた。愛する映画たちと、愛する人と、共に生きていけると……。

しかし、その幸せは永遠には続かなかった。

時代の流れによってロマンス劇場のような街の映画館は次々と閉館に追いやられてしまった。誰もが快適な大型劇場に足を運ぶ時代、細々と玄人好みの映画を中心に上映をしていたロマンス劇場は、その客足をめっきりと減らしていた。それでも健司は一人でも多くの人にこの場所から映画を届けようと頑張っていた。しかし年老いて、身体が自由にならなくなったことをきっかけに、いよいよ閉館を決意したのだった。

ロマンス劇場最後の日——。たくさんの常連客がその最後を見届けに来てくれた。みんな随分と年を取って、あの頃の面影はなくなってしまっている。でも、この場所を愛する気持ちはあの頃のままだ。

健司は一人、ロビーでぼんやりと運び出される椅子やテーブル、フィルムケースを眺めている。映写機が運ばれてくると、彼は回収業者を呼び止めた。そして杖《つえ》を付いてなんとか立ち上がり、皺に覆われた手で映写機を優しく撫《な》でた。愛《いと》おしそうに、今までの感謝を込めて、何度も何度も「ありがとう」と呟きながら。

その姿を見て、美雪は涙が止まらなかった。

時間は流れてゆく。人は老い、大切な友人たちはいなくなり、あの頃誰もが大切にしていたものは、時代の流れと共に必要とされなくなってしまう。変わらないのは美雪の姿と、美雪を見つめる健司のまなざしだけだ。


アルバムをめくろうとしたとき、不意に電話が鳴った。

時刻は夜十二時を過ぎている。嫌な予感がして慌てて受話器を取った。

それは病院からの電話だった。

健司の危篤を知らされた美雪は、取るものも取りあえず家を飛び出した。

ここから病院までならタクシーを探すよりも走った方がずっと速い。自宅のある小高い丘を駆け下りて、国道に出るとただひたすらに病院に向かって走った。吐く息は白く、耳が痛くなるくらい寒かった。しかし今の美雪は寒さを感じることなどできなかった。

健司が死んでしまう……。いつかこんな日が来ると思っていた。覚悟もしていた。それなのに、そのはずなのに、涙が込み上げ視界が滲《にじ》んだ。

死んでほしくない。もっと一緒にいたい。これからもずっと一緒にいたい。あの笑顔が、優しさが、なくなってしまうなんて思いたくなかった。

空から雪が舞い降る。美雪の悲しみを表すような真っ白な雪が。

次々と地面に落ちては、あっという間に儚《はかな》く消えてゆく。

病院の自動ドアをくぐって廊下を走る。病室のある三階まで階段を駆け上がり、スタッフステーションで看護師に声をかけた。そして病室に向かった。

引き戸を開けると中は薄暗く、医師と看護師が状態について説明してくれたが、呆然《ぼうぜん》として耳には届かない。

気を利かせて医師たちが出ていくと、病室には二人だけになれた。

ベッドに横たわる健司は酸素マスクを付けられていて、身体からはいくつもチューブが伸びていた。弱々しく動いている心電図。その緩やかな曲線が健司の命の灯《ひ》が消えかけていることを告げている。

美雪はゆっくりと健司に歩み寄る。ベッドの脇に立って声をかけるが、彼は目を閉じたままだった。意識はもうなかった。

浅い呼吸、痩せこけた頬、細くなった腕。

見つめていると涙がこみ上げる。

「いつまで寝てるんだ？　早く起きろ……」

呼びかけたけれど反応はない。なにを語りかけても彼はもう笑顔を向けてくれない。

六十年間、毎日微笑みかけてくれたあの笑顔を、もう見ることはできないのだ。

そう思った途端、ひたすらに涙が溢《あふ》れた。

丸椅子に力なく座り嗚咽《おえつ》を漏らしていると、健司の指先が微《かす》かに動いた。ハッとなってその顔を覗く。口元が動いている。意識が戻ったのだ。健司は最後の力を振り絞るように細く骨ばった指を動かし酸素マスクを剝《は》ぎ取った。なにかを言いたがっている。しかしよく聞こえない。

美雪が口元に耳を寄せると、彼は言ってくれた。

「泣かないで……」

そう言って微かに笑ってくれた。美雪が大好きだったあの笑顔だ。自分だけに向けてくれた特別な笑顔。その笑顔が若かりし頃の健司と重なった。

「そうだ……いつもの……遊びをしよう……」

こんなときまでわたしを楽しませようと、慰めようとしてくれている。

その優しさが胸を打って大粒の涙が目尻から溢れた。

「お題は、綺麗なものだ……」

言葉の続きを待った。しかしもうなにも言ってはくれなかった。再び意識が遠のいてしまった。呼びかけても反応はない。

健司はもう……。そう思うと心が押し潰されそうになった。

それでも美雪は涙を拭い、精一杯の笑顔を作った。

健司はいつもわたしの笑顔を褒めてくれた。素敵だと、そう思っていてくれた。

そして、あのときも言ってくれた。

——やっぱりあなたは、勝ち気なくらいがちょうどいいです。

だから美雪は、精一杯の笑顔を健司に向けた。

「どうしたしもべ。お前は相変わらず答えるのが遅いな。じゃあ、わたしからいくぞ。綺麗なものか……」

美雪は思い出していた。健司と過ごしたあの日々を。二人で生きた人生を。そこで見たたくさんの景色を。

そして静かに口を開いた。

「初めて見た青空……並んで見上げた空に架かる虹……二人で出かけた町の景色……蛍を見ながら言ってくれた言葉……」

思い出のひとつひとつが涙に変わる。いくら堪《こら》えようとしてもどうしても笑顔が崩れてしまう。美雪は涙ながらに健司に言った。

「お前の隣で見た景色は、全部綺麗だった。綺麗で、忘れたくない思い出ばかりだ……」

どれだけ時が流れても、大切なものが消えていっても、忘れたくないことがある。消してしまいたくない思い出がある。健司と過ごしたあの日々は、わたしにとってかけがえのないものばかりだった。

こんな触れられないわたしと、今までずっと、ずっとずっと一緒に生きてくれた健司。たくさんの幸せという色をくれた。

だから最後に、どうしても伝えたかった。

「健司、見つけてくれてありがとう……。たくさんわがままを聞いてくれて、ずっと隣にいてくれて……ありがとう……」

美雪は健司に微笑みかけた。

「最後にもうひとつだけ、わがまま言っていい？」

指先に目を落とす。そして、

「触れたい。お前のぬくもりを感じてみたい……」

ずっと叶《かな》えられなかった夢を、最後にどうしても叶えたかった。

「いいよね……？」

そう言って笑いかけると、美雪はそっと手を伸ばした。ドーランを塗った作り物の色を纏ったその指を。怖くはなかった。それよりも、愛する彼のぬくもりを知りたかった。

だから美雪は健司に触れた。

浮き上がった骨の感触が指先から伝わってくる。弾力を欠いた肌。皺に覆われた皮膚。若かりし頃とは異なっていても、それでも、確かにそこに健司の形を感じた。

大粒の涙がこぼれた。

そして美雪は横たわる健司に身体を預けた。強く強く彼を抱きしめる。胸に耳を当てると心臓の音が聞こえた。生きている音だ。ゆっくりと今も確かに動いている。愛する人がここにいることがはっきりと分かった。健司の匂いがする。吸い込むと心が落ち着いた。身体全体でぬくもりを感じることができた。服の上からでも彼の温かさが伝わってくる。胸が苦しくなるくらいの優しいぬくもり。初めて知った愛する人の温度だ。

「こんなに温かいんだな……」

目尻からこぼれた涙が健司の胸元に伝わる。それに呼応するように健司の手が微かに動いた。そして美雪にそっと触れた。大きな手だった。大きくて優しい、包むような手のひら。彼の幸せだという想いがその手から伝わってくる。美雪の頬に自然と笑みが溢れる。愛おしくてかけがえのないそのぬくもりに包まれて、心の底からこみ上げた幸福の笑みだった。

嬉しい……。美雪は思った。

最後に健司のぬくもりを知ることができたんだ……。

美雪はそっと目を閉じて、そして思った。

ありがとう、健司。

この世界にやって来て、健司と恋をすることができて、わたしはうんと幸せだった。

*

朝の光の中、天音が病室のドアを開けた。

ベッドに横たわる健司はもう永遠の眠りについていた。

窓から差し込む眩《まばゆ》い太陽の光が、彼の涙の痕を輝かせている。

安らかで、幸せそうな顔をしていた。

健司はたった一人で眠っていた。そこにいたはずの彼女の姿はなくなっている。

まるでどこかへ消えてしまったかのように……。

ベッドサイドのテーブルには彼が毎日一生懸命書いていたあの原稿が置いてあった。

古びた原稿用紙。所々に開いた虫食いのあと。変色した万年筆の黒いインク。日の光で黄ばんでしまった紙の上には、物語のタイトルが書いてある。

『今夜、ロマンス劇場で』――と。

窓から吹き込んだ朝の風がテーブルの上の原稿を飛ばす。宙を舞う原稿。まるであの日のようだ。もしかしたら天国の健司が送った風なのかもしれない。
最後のページが天音の足元にひらりと落ちた。
拾い上げてみると、そこには、この物語の結末が書かれていた。

○森の古城・大広間（夜）

そこは、かつて彼女がいた白黒の世界だ。
大広間ではタキシードやドレス姿の客人たちが陽気に踊っている。
その向こうの玉座に王女が座っている。
美雪だ――。
色のない世界でもドレスを纏った彼女は輝くばかりに美しい。
パーティーの最中、重い扉が開いて一人の青年が入って来る。
若かりし頃の健司の姿がそこにあった。
彼を見て微笑む美雪。健司も目を細めて笑った。
健司はゆっくりと赤絨毯の上を歩いて彼女の元を目指す。
踊りをやめて見守る客人たち。その中にはかつての友人たちの姿もある。
伸太郎、俊藤さん、清水さん、成瀬社長、塔子さん、そして本多さん。
健司は美雪の前にたどり着くと、彼女にそっと笑いかけた。
そして膝を付き、後ろ手に隠していた薔薇を差し出す。
白黒の中でも真っ赤に映える美しい一輪の赤い薔薇の花を。
美雪は立ち上がると、健司の手からその薔薇を受け取った。

すると、そのときだった。
今まで白黒だった世界が、美雪の身体が、鮮やかな色に包まれたのだ。
広間にいた誰もが驚いた。もちろん彼女も。
美雪は自身の身体に目を落とし、そして手のひらで肌をこすってみた。
しかしその色が消えることはない。
彼女がずっとずっと欲しかった、本物の色だ。
嬉しそうに満面の笑みを浮かべる美雪。健司も嬉しそうだ。
彼女に幸せを届けることができたのだから。
見つめ合う二人。美雪が唇を差し出した。
健司が少し戸惑うと、美雪は彼の頬をつねってみせた。
触れたって消えることはないと、そう言いたげに。
健司は涙を浮かべて微笑むと、彼女をそっと抱き寄せた。
そして二人は、くちづけを交わす。
祝福の拍手が巻き起こる中、幸せそうに抱き合う美雪と健司。
二人を包む鮮やかな色は、もう二度と消えることはない。
これからもずっと……。

《完》

本書は、集英社文庫のために書き下ろされた作品です。

集英社文庫　目録（日本文学）

宇野千代　行動することが生きることである
宇野千代　恋愛作法
宇野千代　私の作ったお惣菜
宇野千代　私の幸福論
宇野千代　幸福は幸福を呼ぶ
宇野千代　私の長生き料理
宇野千代　私何だか死なないような気がするんですよ
宇野千代　薄墨の桜
冲方丁　もらい泣き
海猫沢めろん　ニコニコ時給800円
梅原猛　神々の流《る》竄《ざん》
梅原猛　飛鳥とは何か
梅原猛　日常の思想
梅原猛　聖徳太子1・2・3・4
梅原猛　日本の深層
宇山佳佑　ガールズ・ステップ
宇山佳佑　桜のような僕の恋人
宇山佳佑　今夜、ロマンス劇場で
江川晴　企業病棟
江國香織　都の子
江國香織　なつのひかり
江國香織　いくつもの週末
江國香織　薔薇《ばら》の木 枇杷《びわ》の木 檸檬《れもん》の木
江國香織　ホテル カクタス
江國香織　モンテロッソのピンクの壁
江國香織　泳ぐのに、安全でも適切でもありません
江國香織　とるにたらないものもの
江國香織　日のあたる白い壁
江國香織　すきまのおともだちたち
江國香織　左岸(上)(下)
江國香織　抱擁、あるいはライスには塩を(上)(下)
江角マキコ　もう迷わない生活
江戸川乱歩　明智小五郎事件簿Ⅰ～Ⅻ
NHKスペシャル取材班　激走！日本アルプス大縦断 密着、トランスジャパンアルプスレース 富山～静岡415km
江原啓之　子どもが危ない！ スピリチュアル・カウンセラーからの警鐘
江原啓之　いのちが危ない！ スピリチュアル・カウンセラーからの提言
M　L change the WorLd
ロバート・D・エルドリッヂ　トモダチ作戦 気仙沼大島と米軍海兵隊の奇跡の“絆”
遠藤周作　勇気ある言葉
遠藤周作　ほんとうの私を求めて
遠藤周作　父親
遠藤周作　ぐうたら社会学
遠藤周作　愛情セミナー
遠藤武文　デッド・リミット
逢坂剛　裏切りの日日
逢坂剛　空白の研究
逢坂剛　情状鑑定人
逢坂剛　よみがえる百舌《もず》

集英社文庫 目録（日本文学）

集英社文庫　目録（日本文学）

集英社文庫

今夜《こんや》、ロマンス劇場《げきじょう》で

2017年12月20日　第1刷　　定価はカバーに表示してあります。

著　者　宇山佳佑《うやまけいすけ》

発行者　村田登志江

発行所　株式会社　集英社
東京都千代田区一ツ橋2-5-10　〒101-8050
電話　【編集部】03-3230-6095
【読者係】03-3230-6080
【販売部】03-3230-6393（書店専用）

印　刷　図書印刷株式会社

製　本　図書印刷株式会社

フォーマットデザイン　アリヤマデザインストア　　マークデザイン　居山浩二

ISBN978-4-08-745681-3 C0193